TROMLUÍ

Áine Ní Ghlinn

Cois Life Teoranta
Baile Átha Cliath

Tá Cois Life buíoch de Bhord na Leabhar Gaeilge (Foras
na Gaeilge) agus den Chomhairle Ealaíon as a gcúnamh.
An chéad chló 2009 © Áine Ní Ghlinn
ISBN 978-1-901176-95-7
Clúdach agus dearadh: Alan Keogh
Clódóirí: Betaprint
www.coislife.ie

do Louis, Seán, Niall agus Conall

Nóta

Mínítear focail áirithe sa Ghluais. Aibhsítear na focail sin an chéad uair a luaitear sa téacs iad.

D'oscail sé súil amháin. Gach rud dubh. Dubh, dorcha. Pianmhar. A chloigeann ag scoilteadh. Míle saighead ag réabadh trína inchinn. Míle scamall ag pléascadh taobh thiar dá dhá shúil. Mar a bheadh ceo. Ceo trom, tiubh. Ceo dlúth, <u>modartha</u> nach bhféadfadh sé breathnú tríd.

Dhún sé an tsúil arís. Ghéill don cheo.

Titim. Titim siar. Siar. Siar isteach. I nduibheagán. Siar, siar isteach. I bpoll dubh domhain. Daoine. Guthanna. Dathanna. Dubh. Ansin geal. Rógheal. An ghile á dhalladh. Bán. Ballaí bána. Daoine bána. Fuadar fúthu. Gach duine ag deifriú thart.

Leaba bhán. Braillín bán. Síleáil bhán. É ina luí. Béicíl. Guthanna arda. Béicíl. Screadaíl. Daoine ag rith. Ag béicíl. <u>Scaoll.</u>

Titim. Titim siar. Isteach sa duibheagán. Dorchadas.

Dada.

D'oscail sé súil amháin. A shúil chlé. An solas á dhalladh. Dhún sé arís í. Agus d'oscail. Beagáinín beag níos éasca an babhta seo. D'oscail an leathshúil eile. Bhí an dallachar ag teacht trí fhuinneog áit éigin os a chionn. Fuinneog ard ar chlé. Gath gréine ag lonrú tríthi. Agus a shúile ag dul i dtaithí ar an solas chonaic sé scoilt i gceann de na pánaí salacha. Scoilt. Dhá scoilt. Línte lúbacha mar a bheadh dhá shruth uisce ag sileadh anuas. Iad ag teacht le chéile in aon líne amháin. Ansin dhá cheann arís.

Léarscáil mhór crochta ar an mballa. Abhainn chaol ag lúbarnaíl trí na sléibhte arda. An abhainn daite le péint gheal ghorm.

Ar feadh leathshoicind bhí an léarscáil agus an abhainn os a chomhair amach. Leathradharc aige ar sheomra ranga. Ar dhaoine. Ar bhuachaill ina shuí taobh leis is é ag gáire. Ar chailín. Ach faoi mar a bheadh comhla cheamara á hoscailt is á dúnadh agus grianghraf á ghlacadh, bhí an pictiúr imithe arís chomh tapa is a tháinig sé.

Gan ann ach an dá scoilt shruthánacha agus caismirneach acu síos an pána salach os a chionn.

Dhún sé a shúile. Saighead trína chloigeann. Ceo dlúth, dorcha. Róphianmhar breathnú tríd.

Chodail sé arís.

Leapacha bána. Ballaí bána. Cótaí bána.

Bhí sé anseo cheana. Nó arbh amhlaidh a chonaic sé an áit seo i mbrionglóid am éigin? An raibh sé ag brionglóideach anois? Cá bhfios?

Conas is féidir brionglóid a aithint? Conas is féidir idirdhealú a dhéanamh idir an dá shaol, an saol réadúil agus saol na brionglóide? Cé acu ceann é seo?

Bhreathnaigh sé thart.

Daoine bána. Cogarnach. Guthanna ag rith suas síos na ballaí bána.

Rinne sé iarracht casadh.

A lámha lena dhá thaobh. Ní fhéadfadh sé iad a bhogadh. Amhail is dá mbeadh ceangal curtha orthu.

Rinne sé iarracht labhairt. Ní thiocfadh na focail.

Rinne sé tréaniarracht scread a ligean. An scread faoi chosc freisin. Scornach tachta. Ní thiocfadh an fhuaim ba lú óna bhéal.

Tharraing sé anáil throm siar isteach ina scornach. Thiocfadh an scread an uair seo…

Níor tháinig.

Damhán alla liathdhubh ag luascadh sall is anall ar a théad féin is é ag sileadh anuas ó rachta adhmaid. Mura mbogfadh sé go tapa bheadh sé ar a shrón. An raibh damhán alla amháin ann nó dhá cheann? Chas sé a chloigeann le claonamharc a thabhairt air. Réab pian trína mhuineál. Mar a bheadh scian sáite isteach idir a dhá ghualainn.

Rinne sé iarracht casadh. A lámha lena dhá thaobh. Ní fhéadfadh sé iad a bhogadh. Amhail is dá mbeadh ceangal orthu.

Chas sé a chloigeann arís. Damhán alla amháin. É cúpla ceintiméadar uaidh.

Chaithfeadh sé a lámh a ardú. Iarracht. Tréaniarracht. Bhog sé a ordóg dheas. Ordóg na láimhe clé. Ansin méar. Méar eile.

Ní raibh aon cheangal orthu. Cén fáth ar shíl sé go raibh? Brionglóid? Sea. Brionglóid. Bhí sé ag brionglóideach faoi cheangal cos is lámh a bheith air. Rópa de shaghas éigin orthu.

Bhí codladh grifín ar an dá lámh anois. D'fháisc sé na méara agus shín arís iad. Fáisceadh agus síneadh. Fáisceadh agus síneadh. D'ardaigh sé a lámh. Bhí sí trom. Ach ar a laghad bhí sé in ann í a úsáid.

Bhuail sé an damhán alla. Sheol sé tríd an aer é. Amach ar dheis. Thar imeall na leapa. As radharc.

D'fháisc sé na méara arís agus rácáil trína ghruaig iad. D'airigh sé taise fúthu. Fliuchras. Ina fholt. Bhreathnaigh sé ar a lámh. Dearg. Fuil? Céard a tharla?

Céard a bhain dó? Cad as ar tháinig an fhuil? Na pianta ar fad? An ceo seo ina chloigeann? Cad as ar tháinig siad go léir?

Chaithfeadh sé éirí.

Tharraing sé é féin aníos agus luigh ar a dhá uilleann. Saothar anála air. A chroí ag rás. D'fhéadfadh sé na buillí a chomhaireamh. A haon, a dó, a trí, a ceathair. Iad ag rith isteach ina chéile. Gan trácht ar na pianta. Gach áit beo. A dhroim. A dhá chos. A chloigeann. Ba é an cloigeann ba mheasa.

Bhain sé <u>scrogaireacht</u> as a mhuineál. Bhain sé <u>searradh</u> as a ghuaillí.

An raibh oiread is ceintiméadar ina chorp nár airigh go raibh sé tar éis titim le haill nó a bheith caite amach as eitleán?

D'fhan sé tamall mar sin nó gur mhaolaigh an phian beagáinín. Faoi dheireadh d'éirigh leis é féin a ardú ina shuí.

Bhreathnaigh sé ar an leaba. Is é sin le rá, dá dtabharfá leaba air! Tocht salach stróicthe. Seanphluid nó giobal de shaghas éigin caite anuas air.

D'airigh sé rud éigin ar a chlár éadain. Damhán alla eile? D'ardaigh sé a lámh le é a ruaigeadh. Ní damhán alla a bhí ann. Bhreathnaigh sé ar a lámh. Fuil arís. Chuir sé a lámh i bpóca a bhríste chun ciarsúr a tharraingt chuige. Dada. Thriail sé an póca eile. Bhí an ceann sin folamh freisin. Rinne sé cufa a mhuinchille a charnadh lena dhorn agus chuimil lena éadan é.

Chaithfeadh sé seasamh. Bhuail codladh grifín an dá chos a luaithe is a bhog sé iad. Dea-chomhartha é sin is dócha. Ar a laghad bhí sé in ann iad a bhogadh.

Tharraing sé a chos dheas den tocht agus leag ar an talamh í. An chos chlé ansin. Ní raibh sé sin ródhona. Rinne sé iarracht a thóin a ardú ach thit sé siar ar an leaba láithreach. Agus arís. Leis an tríú hiarracht d'éirigh leis seasamh.

Shiúil sé suas síos. Cúig choiscéim ó bhalla go balla. Cúig choiscéim ar ais. Suas síos. Ar a laghad ní raibh aon ní briste.

Bhí na pianta ag maolú ach bhí a intinn fós dallta ag an gceo damanta sin. Dá bhféadfadh sé léim isteach sa chithfholcadh agus seasamh ansin is an t-uisce ag stealladh anuas air. Scaipfeadh sé sin an ceo.

Cithfholcadh. Ní raibh an chuma ar an áit seo go mbeadh cithfholcadh le fáil ann. An áit seo? Cén áit í seo? Cá raibh sé?

Bhreathnaigh sé thart.

Botháinín beag. Ballaí cloiche. Rachtaí adhmaid os a chionn. Téada damháin alla crochta as gach rachta. Deannach is salachar na mblianta orthu. An deannach ag glioscarnach faoin ngath gréine a bhí ag lonrú tríd an bhfuinneog. Fuinneog thuas os cionn na leapa. Doras díreach trasna ón leaba. Doras adhmaid agus solas an lae le feiceáil sna scoilteanna idir na cláir. É dúnta le seanlaiste meirgeach.

Bhí an fhuil ag sileadh isteach ina shúil. D'úsáid sé cufa a mhuinchille arís.

A <u>bhaithis</u> a bhí créachtaithe. Fuil ag púscadh fós aisti. Caithfidh go ndearna duine éigin ionsaí air. Nó daoine? Ar ghoid siad a chuid airgid? Cad eile? Fón póca?

Thriail sé na pócaí arís. Sea, bhí an dá cheann folamh.

Ba bhreá leis labhairt le duine éigin. Guth a chloisteáil. Fiú dá mbeadh fón póca aige cé air a bhféadfadh sé glaoch? Ar a mhuintir? A thuismitheoirí?

Stop sé.

A thuismitheoirí?

Folús.

Ransaigh sé a intinn. Tuismitheoirí? Níor chuimhin leis aon tuismitheoirí a bheith aige. Níor tháinig aon phictiúr isteach ina cheann a d'fhéadfadh sé a cheangal leis an bhfocal sin. Athair? Má bhí a leithéid aige ní fhéadfadh sé aghaidh ar chur air. Ná ar mháthair. Baineadh preab as.

Cérbh iad a thuismitheoirí?

Cérbh é féin?

Folús eile. Poll dubh, domhain, gan dada ann ach dorchadas.

Cén t-ainm a bhí air?

Ní raibh tuairim dá laghad aige.

Shuigh sé síos ar imeall na leapa, é go huile is go hiomlán trína chéile. Chaoin sé uisce a chinn.

D'fhan sé mar sin ar feadh cúig nó deich nóiméad. Níos mó, b'fhéidir. Chuir sé a mhéara le caol a láimhe clé. Ghoid siad a uaireadóir chomh maith. Nó an raibh ceann aige? Bhreathnaigh sé ar a rosta. Bhí stráice dá chraiceann níos gile ná an chuid eile. Sea. Caithfidh gur ghoid siad a uaireadóir chomh maith.

Siad! Ach cérbh iad? Na daoine bána sin óna bhrionglóid? Ní raibh an chuma orthu siúd gur gadaithe iad. Arbh ann dóibh in aon chor? Ar tháinig siad as cuimhne éigin nó arbh é nach raibh iontu ach taibhsí a bhrionglóide?

Bhreathnaigh sé go géar ar a rosta arís. Díreach in aice leis an stráice bán bhí stráice eile. Dearg, garbh. Cuma <u>scallta</u>, dhóite air.

Bhreathnaigh sé ar an rosta eile. An rian céanna ar an gceann sin. Smaoinigh sé ar an mbrionglóid. Níor bhain na cneácha sin le haon bhrionglóid.

Sheas sé. Fonn goil air arís. Ní fhéadfadh sé géilleadh. Dá ngéillfeadh ní bheadh sé in ann stopadh. Ghlan sé na súile. Bhí cufa a mhuinchille fliuch, fuilteach faoin am seo ach cén rogha a bhí aige? Rinne sé smúsaíl agus chuimil an cufa lena shrón freisin.

Lig sé tromosna. Ansin shiúil trasna go dtí an doras. A haon, a dó, a trí. Trí choiscéim. D'ardaigh sé an laiste agus tharraing ar oscailt é. An ghrian á dhalladh. Chlaon sé a cheann is chas thart arís. A dhroim leis an doras. Leis an ngrian. Ba ansin a chonaic sé an glioscarnach. Ní deannach a bhí ann an uair seo. An ghrian ag glioscarnach ar rud éigin a bhí ag gobadh amach faoin tocht.

Trí choiscéim ar ais.

Chrom sé síos. A dhroim á réabadh. Níos éasca dul ar a <u>ghogaide</u>.

Scian. <u>Lann</u> airgid. Fuil dhonndhearg triomaithe air.

Chuir sé a mhéara lena bhaithis. Arbh í an scian seo a rinne é sin?

Scian a shamhlófá le <u>máinlia</u>. Le cláir theilifíse faoi obrádlann ospidéil nó faoin aonad éigeandála. Seans gur fhág lucht a ionsaithe <u>méarlorg</u> uirthi. Más rud é gur fhág, bhí siad millte anois ag a mhéara féin.

Ach cérbh iad lucht a ionsaithe? Cén fáth nach raibh aon chuimhne aige ar an ionsaí? Ar aon rud? Cén fáth nach raibh a fhios aige cérbh é féin?

Céard a dhéanfadh sé leis an scian anois? Cá gcuirfeadh sé í? Dá dtiocfaidís ar ais? *Iad.* An *iad* seo arís. Cérbh iad? An aithneodh sé iad dá dtiocfaidís ar ais?

D'ardaigh sé an tocht agus chuir an scian isteach faoi. Isteach i bhfad. Í faoi cheilt ar fad an uair seo. Ar ais leis go dtí an doras.

Amach. Tharraing sé an doras ina dhiaidh.

Aer. Aer úr. Tharraing sé anáil dhomhain isteach trína <u>pholláirí</u>. Níor airigh sé bréantas an bhotháin go dtí anois. Go dtí gur bhuail an t-aer <u>cumhra</u> a <u>ghaosán</u>.

Shiúil sé timpeall ar an mbothán. Bhí sé i gcoill bheag de shaghas éigin. Leathbhealach suas cnoc. Crainn. Cúpla sceach. Bláthanna buí. Uathu sin a bhí an

chumhracht ag teacht. Cosán caol ar chúl an
bhotháin ag dul in airde trí na crainn. Cosán eile ag
dul síos. I bhfad níos leithne. Mar a bheadh bóithrín
beag. Shiúil sé thart timpeall ar an mbothán arís.
Bhreathnaigh sé suas síos. Arís is arís eile. Níor aithin
sé rud ar bith.

Chaithfeadh sé an bóithrín a leanúint. Chaithfeadh
sé a fháil amach cá raibh sé. Céard a tharla dó? Cérbh
é féin?

Síos leis go mall. Gach ball dá chorp ag screadach, ag
béicíl leis na pianta. Le gach coiscéim. Ní fhéadfadh
sé géilleadh dóibh. Chaithfeadh sé freagra a fháil.
Freagra. Cabhair. Agus uisce. É spallta leis an tart.

Cos ar chos. Céim ar chéim. Síos an cosáinín caol.
Crainn ar gach taobh. Boladh na mbláthanna fós ina

pholláirí. Boladh na gcrann. Siosarnach na nduilleog mar a bheadh ceol ar a chluasa. Bior ar na céadfaí. Stop sé. Ceol. Éan ag ceol. D'éist sé. B'in an chéad ghlór a bhí cloiste aige le … le … le cá bhfios cá fhad.

Cá fhad?

Cá fhad ó d'fhág sé baile?

Cá fhad ó rinneadh ionsaí air?

Cá fhad a bhí sé sa bhothán?

Cá fhad? Cá fhad? Cá fhad?

Ceisteanna. Ceisteanna. Ceisteanna.

D'fhéadfadh sé leanúint ar aghaidh go deo. Míle ceist ach gan freagra aige ar oiread is ceann amháin. Dá bhféadfadh sé breith ar chuimhne éigin. Cuimhne amháin. An chuimhne ba lú. Ba leor sin mar thús.

Dada. Ní fhéadfadh sé briseadh tríd an scamall, tríd an gceo modartha sin ina chloigeann.

D'éist sé arís le ceol an éin. Thug sé faoiseamh éigin

dó a fhios a bheith aige nach raibh sé go huile is go hiomlán leis féin sa choill seo. Bhreathnaigh sé thart agus é ag lorg údar an cheoil. Ní raibh sé le feiceáil.

Lean sé air ag siúl. Cos ar chos. Céim ar chéim. Deas, clé. Deas, clé. Pianta sna lorgaí. Pianta sna rúitíní. Fonn air suí síos. Fonn air luí síos faoi chrann.

An tart. A scornach scallta. É níos géire ó thosaigh sé ag smaoineamh air. Ní fhéadfadh sé stopadh. Ní raibh an dara rogha aige. Chaithfeadh sé leanúint air go dtí go dtiocfadh sé ar dhuine, ar dhaoine, ar rud éigin a d'aithneodh sé, ar dhuine éigin a déarfadh leis cérbh é féin.

Coiscéim sa turas. Deas, clé. Bóthar le feiceáil thíos uaidh. Imeall na coille. Bóthar. Agus comhartha bóthair. Ar a laghad anois bheadh a fhios aige cá raibh sé. Rinne sé iarracht rith. Ní fhéadfadh a chosa dul chomh tapa sin. Shleamhnaigh agus sciorr sé, cos ar chos síos chomh fada leis an gcomhartha bóthair…

Litreacha móra dubha. Bhí air seasamh siar beagáinín le iad a thabhairt chun cruinnis. Ceo taobh thiar dá dhá shúil. Amharc dúbailte.

Sheas sé ansin ag stánadh nó gur tháinig na focail isteach i bhfócas.

An Bealach.

Sa charr. Gáire. Buachaill eile taobh leis sa suíochán cúil. An bheirt acu sna trithí gáire. Ag tabhairt <u>soncanna</u> dá chéile. Bean ag tiomáint. Fear in aice léi sa suíochán tosaigh.

Imithe. An carr. An buachaill. An bheirt chun tosaigh. Iad ar fad imithe.

É ina sheasamh ansin ag stánadh ar na litreacha móra, dubha.

An Bealach.

Rinne sé a dhá shúil a chuimilt. Dá bhféadfadh sé an chuimhne a thabhairt ar ais. A fhíorú. Bhí siad ag fágáil an bhaile. Iad ag súil le rud éigin, le heachtra éigin. Iad ag tabhairt soncanna dá chéile agus iad ag gáire.

An fear? An bhean? Dá dtiontóidís thart. Dá bhfeicfeadh sé na haghaidheanna.

Cúl a gcinn. B'in an méid. Gruaig chatach dhonn uirthi siúd. Eisean dorcha go leor – donn nó dubh, b'fhéidir.

B'in an méid a thiocfadh chuige agus ní raibh tuairim aige an bhféadfadh sé aon mhuinín a chur sa mhéid sin.

Cén sórt cleas a bhí á n-imirt ag a inchinn air? Na pictiúir seo. Céard a bhí iontu? Cuimhní? Iardhearcaí de shaghas éigin? Nó an raibh sé díreach ag iarraidh scéalta a chumadh dó féin. Cuimhní a chumadh? Saol a chruthú?

Nó ar tharla sé? An raibh siad ag dul ar thuras sa charr? Má bhí cá raibh a dtriall? Cérbh iad na daoine sin sa charr? Deartháir leis? A thuismitheoirí? Bhí tuairim aige gur ag fágáil an bhaile a bhí siad. Ach cén chaoi a raibh a fhios aige? Ní raibh ann ach tuairim. Mothú. Rud éigin a d'airigh sé sna putóga gur ag fágáil an bhaile a bhí siad seachas ag filleadh air?

Ba chuma cé mhéad buille a thug sé dá chloigeann ní thiocfadh na freagraí.

Bhreathnaigh sé ar chlé. Sráidbhaile beag. Tithe. Teach tábhairne thíos ansin agus siopa. Siopa agus tithe eile.

Bhreathnaigh sé ar dheis. Páirceanna. Cúpla teach eile. An raibh a theach féin ansin áit éigin? Bhreathnaigh sé ar an gcomhartha bóthair arís eile.

An Bealach. B'in an méid a bhí scríofa air. Litreacha dubha ar chúlra bán. *An Bealach.* Ba é an comhartha bóthair sin a spreag an chuimhne. Bhraith sé go raibh sé ar thairseach an scéil. Ar thairseach a shaoil. Ní rachadh a chuimhne thar an <u>tairseach</u> sin, áfach.

An Bealach. Bhí a fhios aige anois cá raibh sé ach cén mhaith dó an méid sin mura raibh ann ach logainm, ainm áite, agus gan aon chur amach aige ar an mbaile seo? Mura raibh a fhios aige cá raibh *An Bealach* seo.

Dúirt sé amach os ard é, ag súil go n-aithneodh sé fuaim na bhfocal. *An Bealach. An Bealach. An Bealach.* Níor aithin. Logainm nó treoir? Agus más treoir – bealach chuig cén áit? Go dtí a thuismitheoirí? Go dtí na daoine sin a bhí ag tiomáint? An buachaill sin a bhí taobh leis sa charr?

Ní raibh ach an t-aon bhealach amháin leis an méid sin a fháil amach. Chas sé ar chlé agus thosaigh ag siúl i dtreo an tsráidbhaile. Ní raibh duine ná deoraí le feiceáil.

D'fhéach sé arís ar chaol a láimhe clé. Caithfidh go raibh sé luath ar maidin fós. Go raibh muintir an bhaile fós ina gcodladh.

An raibh a mhuintir féin ina measc? An raibh nó an mbíodh cónaí air féin sa bhaile beag seo? B'fhéidir go dtiocfadh sé ar fhreagra anseo.

Chaithfeadh sé a bheith cúramach, áfach. Cá bhfios ach go raibh lucht a ionsaithe fós thart?

Stop sé taobh amuigh den siopa. *Ollmhargadh Uí Chatháin.* Ransaigh sé a intinn don ainm. Dada. Bhrúigh sé an doras. Faoi ghlas. Bhreathnaigh sé san fhuinneog. Chonaic sé buachaill ag stánadh aniar air. Déagóir. Cuma ghioblach air. Geansaí cochaill stróicthe, salach. Bríste a raibh an chuma air go raibh sé á chaitheamh aige le cúpla seachtain. A ghruaig in aimhréidh. D'ardaigh sé a lámh agus rinne iarracht an ghruaig a chíoradh. Leis an bhfuil téachtaithe a bhí inti ní rachadh na méara tríthi.

Ba ansin a chonaic sé an póstaer. Leathanach A4. Grianghraf.

Bhreathnaigh sé arís ar a scáil. Ar an bpóstaer arís. Sea. Cinnte. An buachaill céanna a bhí ann. Cuma níos óige air sa ghrianghraf. Níos glaine. Éide scoile air.

Rud éigin scríofa thíos faoi. Bhí sé deacair é a léamh. Cén galar a bhí ar a shúile? Amharc dúbailte arís.

Thóg sé coiscéim ar gcúl. Ansin dhruid sé ina leith arís. Thóg sé cúpla soicind a shúile a dhíriú air. Na focail ag sleamhnú isteach is amach as fócas.

An bhfaca éinne an buachaill seo?

Má fheiceann tú é cuir glaoch ar 078 94632

Rinne sé dorn dá <u>dheasóg</u> agus bhuail an t-aer leis.

'Sea!'

Ar a laghad bhí duine éigin á lorg. Ní raibh le déanamh aige ach glaoch ar an uimhir agus bheadh duine éigin ansin a bheadh in ann a rá leis cérbh é, cárbh as dó.

Chuardaigh sé a dhá phóca arís.

Fón póca? Bhraith sé gur chóir go mbeadh ceann aige. Arís an mothú sin sna putóga. Bhí sé ionann is cinnte go mbíodh fón póca aige. Ní rófhada ó shin. Gur chóir go mbeadh sé in ann a lámh a leagan air go héasca i bpóca a bhríste. Sa phóca clé. Ach má bhí ceann aige riamh bhí sé imithe anois.

B'fhéidir go gcabhródh muintir an tsiopa leis. Go ligfidís dó an glaoch a dhéanamh.

B'fhéidir gurb í sin uimhir a thuismitheoirí.

Tuismitheoirí. Athair. Máthair. Ghlac sé leis go raibh a leithéid aige. Deartháireacha, deirfiúracha, b'fhéidir. Cá bhfios?

Ransaigh sé a intinn arís. É fós ag iarraidh teacht ar íomhá, ar phictiúr. Ar chuimhne éigin. An ceo damanta sin. Ní scaipfeadh sé.

Chaithfeadh sé fanacht go n-osclófaí an siopa.

Bhí dhá bheart nuachtán taobh amuigh den doras. D'fhéadfadh sé suí ar cheann acu.

Shuigh sé síos. Bheadh sos aige agus é ag fanacht. Bhreathnaigh sé ar an mbeart eile. An grianghraf arís. A aghaidh féin ag stánadh aníos air.

Sheas sé agus d'fhéach arís air.

Sea. Eisean a bhí ann. An 'eisean' seo nach raibh aon

chuimhne ná aon aithne aige air seachas mar scáil i bhfuinneog an tsiopa.

Ach céard é sin thíos faoi? Arís, bhí deacracht aige na focail a dhéanamh amach. Iad ag sleamhnú as fócas. Cuid acu le feiceáil faoi dhó. Amhail is nach raibh a dhá shúil ag obair i bpáirt lena chéile in aon chor. Bhí sé chomh trína chéile sin faoin am seo nach bhféadfadh sé ach focal anseo is ansiúd a dhéanamh amach. Ba leor sin, áfach.

…Contúirteach… Ná labhair leis… Cuir glaoch …

Rinne sé iarracht nuachtán a tharraingt ón mbeart. D'fhéadfadh sé íoc as nuair a bheadh teagmháil déanta aige lena thuismitheoirí.

Ní fhéadfadh sé an tsnaidhm a scaoileadh. Ach chaithfeadh sé an chuid eile den alt sin a léamh. Stróic sé cuid den leathanach tosaigh ón nuachtán a bhí ar barr.

Agus é á stróiceadh chuala sé coiscéimeanna. Bhuail scéin é. Agus an stiall pháipéir ina lámh aige theith sé timpeall an chúinne.

A chroí mar a bheadh druma. An gcloisfeadh cibé duine ar leis na coiscéimeanna é? Bhí sé i gclós beag ar chúl an tsiopa. Bhreathnaigh sé thart. Bairillí. Foirgneamh. Cineál garáiste. Nó bothán mór de shaghas éigin. Bhí sé cinnte go raibh sé anseo cheana. Níos mó ná cinnte. Bhí a fhios aige. Bhraith sé go raibh cur amach aige ar an áit seo.

Go tobann d'airigh sé <u>creathán</u> i gcnámh a dhroma. Mar a bheadh duine ag breathnú air. D'airigh sé na súile. Bhreathnaigh sé thar a ghualainn. Dada. Bhreathnaigh sé in airde. Fuinneog. Thuas staighre. An raibh duine éigin ann? Céard a chonaic sé? Scáth? Scáil? Cuirtín á dhruidim? Duine taobh thiar den chuirtín? Ní raibh a fhios aige. Má bhí duine ar bith ann bhí sí imithe anois.

Sí? Í? Cén fáth a raibh a fhios aige gur cailín a bhí ann? Ní raibh. Ach san am céanna, bhí. Arís an mothú láidir sin. Bhí a fhios aige. Gur cailín a bhí ann. Go raibh sé anseo cheana. Go bhfaca sé na bairillí sin cheana. Go raibh aithne aige ar an té a bhí taobh thiar den chuirtín.

É arís ar thairseach cuimhne éigin. Dá bhféadfadh sé seasamh ansin ag breathnú thart. Dá mbeadh nóiméad amháin aige. Ní raibh an t-am sin aige, áfach.

Chrom sé síos taobh thiar de na bairillí. Ba bheag nár chuir sé a ghlúin isteach i mbabhla. Babhla uisce. Bhreathnaigh sé thart. Caithfidh gur le cat nó madra é. Ba chuma. Bhreathnaigh sé réasúnta glan. D'ardaigh sé an babhla. Chuir lena bheola é agus shlog sé siar a raibh ann. I bhfad níos fearr.

Leag sé an babhla síos go ciúin. Tharraing sé chuige an stiall pháipéir agus bhreathnaigh air. A aghaidh féin ag stánadh aníos air. Strainséir. Strainséir darbh ainm Eoghan Ó Broin. Eoghan Ó Broin. Dúirt sé arís agus arís eile ina chloigeann é ag súil go n-aithneodh sé ceol nó rithim éigin ann. Níor aithin. Ach caithfidh gurbh é sin an t-ainm a bhí air.

Thíos faoi, pictiúr eile. An buachaill a bhí sa charr leis! Liam Ó Dónaill. An ndearnadh ionsaí air siúd chomh maith?

Ach cad é seo faoi é a bheith contúirteach? Ní fhéadfadh… Ní fhéadfadh go raibh seisean contúirteach. Thosaigh sé ag léamh. Na focail ag rince ar an bpáipéar. Arís, cuid acu ann faoi dhó. Ní fhéadfadh sé a shúile a choinneáil orthu. An ceo. An amharc dúbailte sin arís.

Dhún sé is d'oscail na súile cúpla uair. Cuid de na focail níos soiléire anois. Rinne sé tréaniarracht a shúile agus a intinn a dhíriú ar an alt. Ar na focail.

Eoghan Ó Broin … <u>andúileach</u> drugaí … cúig bliana déag d'aois… contúirteach …dúnmharú … na gardaí ag iarraidh labhairt leis … cuidiú lena bhfiosrúchán…

Dhún sé na súile arís. Cén fiosrúchán? Ní fhéadfadh sé é seo a chreidiúint. Dhírigh sé ar an alt arís.

Eoghan Ó Broin … ar iarraidh le dhá lá anois …contúirteach … má fheiceann tú é ná labhair leis …

dúnmharú …

Dúnmharú? Fiosrúchán faoi dhúnmharú?

Liam Ó Dónaill … cúig bliana déag d'aois … fuarthas a chorp sa choill … ar imeall an Bhealaigh … cuir glaoch ar na gardaí ag …

agus an uimhir chéanna arís. Na gardaí a bhí ann. Ní tuismitheoirí. B'fhéidir nach raibh aon tuismitheoirí aige. Na gardaí ag iarraidh go gcabhródh sé leo ina bhfiosrúchán maidir le dúnmharú.

Fuarthas an corp ar imeall an bhaile. Liam Ó Dónaill. Cúig bliana déag d'aois.

Ba léir go raibh na gardaí ag ceapadh gur dhúnmharaigh seisean Liam Ó Dónaill.

Céard a bhí déanta aige? Ag an strainséir seo a raibh a aghaidh siúd aige?

Cén chaoi a maródh sé duine chomh gealgháireach leis an leaid óg seo a bhí ag gáire agus ag spraoi leis i gcúl an ghluaisteáin? A bhí anois ag breathnú aníos air ón leathanach nuachtáin. Agus cén fáth? Má bhí fírinne ar bith ag baint leis an gcuimhne a bhí aige siar an bóthar ba chairde iad. Na soncanna sin dá chéile. An gáire sin. Ní mharódh daoine mar sin a chéile.

Tuilleadh faoin scéal seo ar leathanach a ceathair.

<u>Marbhfháisc air</u>! Cén fáth nár sciob sé an nuachtán ar fad?

Bhreathnaigh sé ar an alt agus ar na grianghraif arís.

Rinne sé iarracht dul siar isteach sa chuimhne sin a taibhsíodh dó sa charr. Ar nós físeáin a bhí réidh le cur ar siúl ina chloigeann ach nach bhféadfadh sé an cnaipe ceart a aimsiú.

Chaithfeadh sé an chuid eile den nuachtán a fháil. Chaithfeadh sé dul chuig na gardaí agus an scéal a mhíniú.

Stop sé. Cén scéal? Ní raibh aon scéal le hinsint aige. Conas a d'fhéadfadh sé a rá nár mharaigh sé – nár dhúnmharaigh sé – Liam Ó Dónaill mura raibh a fhios aige féin?

B'fhéidir go ndearna sé é. B'fhéidir gur
dhúnmharaigh sé é. An scian sin. An fhuil ar fad.

Ach ansin cé a rinne ionsaí air siúd?

Coiscéimeanna arís. Buataisí. Cosa fir. Feadaíl íseal.
Chúb Eoghan chuige taobh thiar de na bairillí. Na
coiscéimeanna ag dul thairis. Isteach sa bhothán. Croí
Eoghain ina bhéal. Dá bhfanfadh sé anseo bheadh
deireadh leis. Nuair a thiocfadh an fear sin amach ní
fhéadfadh sé gan Eoghan a fheiceáil.

Scaoll.

Dada ina intinn ach teitheadh. É ar a theitheadh. Ó
na gardaí. Ó lucht a ionsaithe. Snaidhm ina bholg.
Ina phutóga. É sceimhlithe le heagla. Agus <u>stiúgtha</u>.

An tart maolaithe beagáinín ach é stiúgtha anois leis an ocras. Chaithfeadh sé cur suas leis. Treabhadh ar aghaidh. Ní raibh rogha aige. Chaithfeadh sé an bothán a bhaint amach.

An bothán. An leaba shuarach, shalach. An scian. Cé leis an scian sin? Cé a bhain úsáid aisti? Cad chuige? Chaithfeadh sé fáil réidh léi. Nó ar a laghad, a mhéarlorg a ghlanadh den hanla.

Rinne sé iarracht an scian a shamhlú ina lámh féin. An bhféadfadh seisean í a ardú agus duine a shá? Níor shíl sé go bhféadfadh. Ach cén chaoi a bhféadfadh sé a fhios a bheith aige céard a d'fhéadfadh sé a dhéanamh nuair nach raibh aon aithne aige air féin? Céim ar chéim. Ar aghaidh leis. A bholg ag geonaíl leis an ocras faoin am seo. Chaithfeadh sé a aigne a dhíriú ar rud éigin eile seachas an folús seo ina bholg.

Cos ar chos. Deas. Clé. D'aimsigh sé an cosán suas i dtreo an bhotháin. Thosaigh sé ag dul siar ar imeachtaí an lae. Gach rud a tharla ó dhúisigh sé. An ceo ina inchinn. É ag teacht is ag imeacht anois ach gan a bheith chomh dlúth céanna is a bhí níos luaithe. Mar a bheadh scamall ag dul trasna na spéire ach an ghrian le feiceáil ó am go chéile agus na paistí gorma ag dul i méid an t-am ar fad.

Na pianta. Iad sin fós ann ach arís gan a bheith chomh dona is a bhí.

An fhuil. An scian. An scian damanta sin arís.

Na ceisteanna ar fad. Céard a tharla? Dó siúd? Do Liam Ó Dónaill.

Cérbh é Liam Ó Dónaill? Cérbh é féin? Eoghan Ó Broin. Ní raibh sa mhéid sin ach ainm. Ainm gan chúlra. Ainm gan eolas. Ainm nach raibh rud ar bith ann ach an t-ainm féin. Cérbh é Eoghan Ó Broin? Dúnmharfóir? Dar leis na nuachtáin b'in a bhí ann. Dúnmharfóir agus andúileach drugaí.

Stop sé. Ceist eile. Cén fáth a raibh sé in ann cuimhneamh ar gach rud a tharla ó dhúisigh sé agus gan aon chuimhne aige ar aon rud a chuaigh roimhe? Ó dhúisigh sé bhí gach rud soiléir. Gach mionsonra.

An choill. An t-éan ar thug a cheol faoiseamh dó. A scáil san fhuinneog. An póstaer. An nuachtán. Na coiscéimeanna. Croitheadh an chuirtín os a chionn. Roimhe sin, áfach – dada. Folús. Cén fáth?

Cén fáth a raibh sé anseo sa chéad áit seachas a bheith sa bhaile áit éigin le tuismitheoirí a mhíneodh gach rud dó agus a thabharfadh aire dó. A déarfadh leis nach raibh sa tromluí seo ar fad ach an méid sin. Tromluí. Go ndúiseodh sé as go luath. Ach bhí tuairim aige nach ndúiseodh.

Bhí sé gar go leor don bhothán anois. Gan tuairim aige cén fáth a raibh sé ag dul ar ais ann. Ach cá háit eile a rachadh sé? É ar a theitheadh. Ar a choimeád.

Ar aghaidh arís. A dhá chos ag troid ina choinne. Deas. Clé. Deas. Clé. An t-ocras mar chnapán teann ina bholg. <u>Míobhán</u> ina cheann. Ar bhain sé sin leis an ocras? Nó leis an gceo? Nó le cibé rud a tharla? *Contúirteach.* An focal sin ag dul timpeall agus timpeall, ag rothlú ina inchinn. Níor airigh sé contúirteach. Níor airigh sé gur dúnmharfóir é. Ach cén chaoi a n-aireodh dúnmharfóir? Níor chuimhin leis ionsaí a dhéanamh ar aon duine riamh. Ach níor chuimhin leis aon rud. Ní raibh ina chuimhne ach folús. An bhféadfadh sé a rá go cinnte dearfa nach ndearna sé Liam Ó Dónaill a mharú? Ní fhéadfadh.

Stop sé. D'éist.

Dada.

Bhreathnaigh sé thart. Dada.

Bhí a chéadfaí ag tabhairt foláirimh éigin dó. D'fhág sé an cosán. Isteach faoi scáth na gcrann. Foscadh. Tearmann sealadach.

Stop sé arís. D'éist. Dada. Ach bhí a fhios aige. Bhí a fhios aige go raibh rud éigin ann. Duine éigin. Contúirt éigin. Gach ball dá chorp ar crith leis an <u>sceimhle</u>.

Chaithfeadh sé rith. Chaithfeadh sé teitheadh.

Chaithfeadh sé greim a fháil air féin. Smacht. Ní fhéadfadh sé rith. Má bhí duine éigin ann chloisfí é.

Bhuail sé a chloigeann in aghaidh craoibhe ísle. Marbhfháisc air mar chraobh! Chuir sé a lámh lena chlár éadain. Cén difear a dhéanfadh buile amháin eile? Pian amháin eile? D'éist sé arís. Coiscéim. Cipín á bhriseadh faoi chois. Éan, b'fhéidir. Gach néaróg ar <u>tinneall</u>. Má bhí duine nó daoine sa tóir air ní fhéadfadh sé dul sa seans.

D'ardaigh sé a dhá lámh. Rug sé ar an gcraobh. An mbeadh sé in ann é féin a tharraingt in airde? Thabharfadh duilliúr an chrainn <u>foscadh</u> dó. D'fhéadfadh sé é féin a cheilt sna craobhacha.

Tharraing sé arís. Léim sé. A ghuaillí trí thine. Iad á stróiceadh as na <u>logaill</u>.

Chiceáil sé a dhá chos. Rug ar an gcraobh leo siúd freisin. D'fhan sé mar sin ar feadh cúpla soicind, é ag luascadh ón gcraobh. É crochta ansin mar a bheadh <u>leaba luascáin</u>.

Gach cnámh, gach matán á réabadh ag na pianta.

Tréaniarracht eile. An uair seo d'éirigh leis é féin a tharraingt in airde. É faoi cheilt anois ag cuirtín duilleog. D'ardaigh sé mionchraobh. Bhreathnaigh amach. Bhí radharc aige ar an mbothán. Ar an doras oscailte.

Oscailte? An doras? Ar fhág seisean oscailte é? Bhí sé cinnte gur dhún sé ina dhiaidh é. Chomh cinnte is a d'fhéadfadh sé a bheith faoi rud ar bith. Ach cé chomh cinnte is a bhí sé sin?

Gach rud ciúin. Róchiúin. An raibh sé as a mheabhair? B'fhéidir gurbh í an ghaoth a shéid an doras ar oscailt. Ní raibh duine ná deoraí le feiceáil. Ach bhí gach orlach dá chorp fós ar tinneall. Gach néaróg ag tabhairt foláirimh dó fanacht san áit ina raibh sé. Ag rá leis go raibh rud éigin, duine éigin, contúirt éigin ag fanacht taobh thiar den doras oscailte sin. Lean sé air ag breathnú go géar amach uaidh.

Go tobann <u>bhíog</u> sé. Guthanna. Dhá cheann? Trí cinn? Rug sé ar an gcraobh thíos faoi lena dhá chos. Ar chraobh eile lena dhá lámh.

Coiscéimeanna. Iad ag teacht i dtreo an chrainn.

Chúlaigh sé siar isteach ina phluais dhuilleogach. Dá bhféadfadh sé leá isteach sa duilliúr mar a bheadh caimileon.

Bhí a dhroim á stróiceadh as a chéile ag na pianta arís. Agus a chos chlé. Dá bhféadfadh sé an chos sin a bhogadh. Ach ní fhéadfadh. Ní raibh na guthanna ach cúpla slat uaidh.

Beirt a bhí ann. Fear agus bean. Ise ag caint. I gcúl a chinn d'aithin sé an guth. Ní raibh sé in ann aghaidh a chur leis. Ná ainm. Guth. B'in an méid.

'Ach is ansin a d'fhágamar é.'

Í crosta. An-chrosta. Agus cantalach.

'Tá a fhios agam ach ní anseo atá sé anois.'

Guth fir. Searbhasach. Mífhoighneach. Ba léir nach raibh seisean róshásta ach an oiread.

Cloigín éigin ag bualadh i gcúl a chinn ag Eoghan. Bhí an guth seo cloiste aige cheana freisin. Ach cá háit? Ba léir nár chairde leis iad. Ghlac sé leis gur ag caint faoi féin a bhí siad. Gurb iad siúd a d'fhág anseo é. A rinne ionsaí air.

Dá bhféadfadh Eoghan iad a fheiceáil. B'fhéidir go dtabharfadh na haghaidheanna leid éigin dó. Ach bheadh sé róchontúirteach bogadh. Dá bhfeicfidís siúd eisean ní bheadh seans dá laghad aige in aghaidh na beirte acu.

Faoin am seo bhí na guthanna díreach thíos faoi.

'Bheadh sé rólag le dul rófhada.'

'Shíleamar go mbeadh sé rólag le dul áit ar bith!'

'Ná bí buartha. Leis an dáileog a thugamar dó ní bheidh aon chuimhne aige ar aon rud go fóill. Agus ní bheidh sé imithe rófhada. Caithfidh go bhfuil sé thart anseo áit éigin.'

'Ach mura bhfuil? Má éalaíonn sé? Má labhraíonn sé le duine ar bith? Cad atá i ndán dúinne ansin?'

Níor chuala Eoghan céard a bheadh i ndán dóibh. Bhí siad imithe thairis.

D'éist sé leis na coiscéimeanna. Cipíní, duilleoga á gcnagadh faoi chois. Ansin tost. Bhí faitíos air oiread is méar coise a bhogadh. Cén fáth ar stop siad? An raibh sé feicthe acu?

Thosaigh an cnagadh arís. Ní b'airde. Bhí siad ag teacht ar ais. An raibh a fhios acu go raibh sé ann? An raibh siad ag teacht ar ais faoina choinne? D'airigh sé creathán i gcnámh a dhroma. Dhaingnigh sé a ghreim ar an gcraobh os a chionn. Pianta sna guaillí, sna rostaí, sna hailt. Ba chuma. Bhí an creathán faoi smacht aige.

An dá ghlór le cloisteáil arís. Iad ag argóint eatarthu féin.

'Ort féin atá an locht. Murach tusa ní bheadh an fhadhb seo againn sa chéad áit!'

'Ní raibh mise ach ag leanúint orduithe. Ní dhearna mé rud ar bith ach an méid a bhí scríofa ar an gcairt.'

'Bhuel bhí botún ar an gcairt!'

'Agus mise a rinne é sin freisin, an ea?'

'Ó! Éirigh as! Ní fiú dúinn am a chur amú ag argóint eadrainn féin. Caithfimid é a aimsiú.'

'Agus ansin?'

'Ansin céard?'

'Nuair a aimseoimid é. Céard a dhéanfaimid leis

ansin?'

Shíl Eoghan gur stop an ghaoth an soicind sin. Gur stop ceol na n-éan. An tost ina ualach trom ar a dhroim, ar a ghuaillí, ina chloigeann. Bhí a fhios aige cad a bhí le teacht. Bhí an freagra ar eolas aige ach fós bhí air é a chloisteáil ó bhéal na mná seo.

A guth siúd níos ciúine an babhta seo.

'Níl aon rogha againn. Tá an iomarca ar eolas aige.'

Dhún Eoghan a dhá shúil. An bhféadfaidís buillí a chroí a chloisteáil?

Bhí faitíos agus imní le cloisteáil ar ghuth an fhir.

'Ní maith liom é seo in aon chor. Níl aon taithí agam ar an gcineál seo ruda. Ní dhearna mise aon rud mar seo riamh cheana.'

'Agus céard faoin leaid eile? Cé a rinne é sin?'

An leaid eile? An raibh siad ag caint faoi Liam? Liam Ó Dónaill?

'Tá a fhios agat go maith. Timpiste a bhí ann. Níl aon taithí agam ar … ar …'

'Bhuel ní raibh taithí luaite sa sonrú poist! Aimsigh é. Maraigh é. Sin iad na horduithe anois. Agus caithfimid iad a chomhlíonadh.'

Labhair an fear go ciúin íseal.

'An bhfuil plean ar leith agat?'

'Braitheann sé. <u>Instealladh</u>, más féidir. Cé mhéad andúileach a ghlacann *overdose* agus a fhaigheann bás tragóideach gach uile lá?'

'Má theipeann air sin? Murar féidir linn teacht sách gar dó?'

'É seo,' arsa an bhean.

Bhí Eoghan ina staicín, reoite san áit ina raibh sé. Cad a bhí aici? An scian? Gunna?

'Ach…'

'Leag as,' arsa an bhean. Údarás le cloisteáil ina glór.

'Níl mise róshásta leis seo ach an oiread ach níl an dara rogha againn. Caithfimid é a aimsiú. Mura ndéanann, muid féin a bheidh thíos leis.'

'Ach nach raibh sé i gceist nach mbeadh aon chuimhne aige ar aon rud?'

Bhí guth an fhir éagsúil anois. Faiteach. Neirbhíseach.

'Nach raibh sé i gceist go mbeadh a inchinn glanta? Nach n-aithneodh sé muidne. Nach mbeadh aon chuimhne aige ar rud ar bith.'

'B'in a bhí i gceist. Ach léiríonn na trialacha is déanaí go bhfuil an baol ann nach mairfidh sé sin rófhada. Roinnt laethanta b'fhéidir. Roinnt seachtainí ar a mhéid. Cá bhfios cá fhad? Ní féidir linn dul sa seans. Anois. Fág seo. Nílimid ach ag cur ama amú. Caithfimid an choill ar fad a chíoradh. Tosóimid anseo. Déanfaimid leathchiorcal timpeall ar an taobh sin agus ansin siar an treo eile…'

D'imigh na coiscéimeanna leo. As raon éisteachta

Eoghain.

Faoiseamh. Agus dóchas éigin.

Roinnt laethanta nó roinnt seachtainí agus bheadh cuimhne aige ar gach aon rud … nó seans maith go mbeadh.

Chaithfeadh sé fanacht i bhfolach go dtí go dtarlódh sé sin. Dá mbéarfadh an bheirt sin air …

D'éist sé. Dada. D'fhan sé ansin tamall eile. Cé chomh fada is a bhí siad imithe? Nó an raibh siad thíos faoi i bhfolach áit éigin agus iad ag fanacht air? Níor shíl sé go raibh. De réir na gcoiscéimeanna bhí siad imithe suas thar an mbothán. Ní fhéadfadh sé fanacht sa chrann an lá ar fad. Síos leis chomh ciúin is a d'fhéad sé.

Ní fhéadfadh sé dul isteach sa bhothán anois. Seans

go gcuardóidís arís é. Nó go raibh siad ann cheana féin. Á chuardach anois. Chaithfeadh sé teacht ar ais am éigin eile ag triall ar an scian. Ach cá rachadh sé anois? Ní fhéadfadh sé dul chuig na gardaí. Bhí siadsan ag iarraidh go gcabhródh sé leo ina gcuid fiosrúchán. Ní raibh ansin ach bealach eile lena rá gur shíl siad gur dúnmharfóir é.

Ní raibh aon chairde aige nó má bhí ní raibh a fhios aige cérbh iad.

An bothán sin sa chlós ar chúl an tsiopa? B'fhéidir. Ní raibh sé in ann cuimhneamh ar áit ar bith eile. D'airigh sé é féin ina allúrach. A chéad lá ar an domhan seo agus gan cur amach aige ach ar áit nó dhó fós. Dhá bhothán. Ceann acu lán de chontúirt. An mbeadh tearmann le fáil aige sa cheann eile? An raibh rogha aige? Chaithfeadh sé fanacht i bhfolach nó go bhféadfadh sé cuimhneamh ar gach rud a tharla. Agus ansin… Cá bhfios? B'fhéidir go mbeadh sé in ann an scéal a fhiosrú, a neamhchiontacht a chruthú. Cá bhfios?

Thosaigh sé ag siúl ar ais i dtreo imeall na coille. Go

ciúin. Go cúramach. É ag faire ar gach coiscéim. Ag breathnú thar a ghualainn gach cúig soicind. Ag iarraidh gan oiread is cipín a bhriseadh faoina chosa. Agus gach uair a bhris, nuair a chuala sé an cnagadh sin, bhí sé ar bheophianta, a chorp ar tinneall le heagla go gcloisfí é, le heagla go mbéarfaí air.

Faoi dheireadh shroich sé imeall na coille. An comhartha bóthair. Chas sé ar chlé agus thosaigh ag rith.

Bheadh sé sábháilte go leor anseo – go ceann tamaill ar aon nós. Bhí a fhios aige go mbeadh. Ní raibh tuairim dá laghad aige cén chaoi a raibh a fhios sin aige, ach bhí.

Bhí doras an bhotháin dúnta le bolta ach gan aon ghlas air. Tharraing sé an bolta siar go mall, cúramach. É ag breathnú thar a ghualainn le gach díoscán.

Bhreathnaigh sé isteach. Cineál stórais a bhí ann don siopa. Na bairillí taobh amuigh. Boscaí, pacáistí móra agus málaí istigh. Go leor spáis le dul i bhfolach taobh thiar de chuid de na pacáistí sin.

Seilfeanna ó urlár go síleáil. Boscaí agus paicéid de gach sórt orthu. Arís, an leathmhothú sin go raibh cur amach aige ar an stóras seo. Go raibh sé anseo cheana. Smaoinigh sé ar an gcuirtín in airde staighre. Arbh é seo teach a mhuintire féin? An raibh cónaí air féin anseo? Shíl sé nach raibh. An raibh sé ag obair anseo am éigin?

Dhún sé an doras go ciúin ina dhiaidh. D'airigh sé an boladh láithreach. Mar a bheadh ionsaí á dhéanamh ar a pholláirí. Ionsaí taitneamhach ar chuir sé céad fáilte roimhe. Bia. Bhí sé stiúgtha leis an ocras faoin am seo.

Sheas sé ansin cúpla nóiméad go dtí go ndeachaigh a shúile i dtaithí ar an leathdhorchadas. Ansin, agus a lámha agus a shúile ag obair i bpáirt lena chéile, rinne sé a bhealach suas síos, thart timpeall ar na seilfeanna, ar na pacáistí. Uisce lena fhiacla agus é ag smaoineamh ar an méid bia a bhí thart air. Faitíos air, áfach, an séala a bhriseadh ar aon phacáiste nó aon mhála a oscailt. Thosaigh sé ag cuardach. Caithfidh go raibh bosca nó mála éigin oscailte cheana féin.

Stop sé. Coiscéimeanna. Agus fuaim eile freisin. Díoscán de chineál éigin. Rothar? Bhí cruach ard boscaí sa chúinne. Isteach leis taobh thiar den chruach. Roinnt seanmhálaí folmha caite ar an urlár. Chrom sé síos. Isteach leis faoi na málaí.

Agus an doras á oscailt d'airigh sé creathán ina lámha. Ina chosa.

Ní rothar a bhí ann ach <u>bara rotha</u>. Díoscán ón roth. Cleatráil agus an dá chos ag bualadh an urláir. Clic. Solas á lasadh. An bara ag díoscán arís. Stop. An fheadaíl íseal sin a bhí cloiste aige níos luaithe. Fear an tsiopa, is dócha. É ag bailiú earraí don siopa.

Páipéar á stróiceadh. Paicéid nó boscaí á gcaitheamh

isteach sa bhara rotha. Gleo bog, toll. Cairtchlár ar chairtchlár. Paicéad á leagadh ar phaicéad. An bara á ardú. Stop arís. Tuilleadh páipéir á stróiceadh. Tuilleadh earraí á gcaitheamh isteach sa bhara. Díoscán. Stop. Clic agus an lasc á bhualadh. Díoscán. Coiscéimeanna. Plab. Cnagarnach miotail agus an bolta á tharraingth. Ní raibh aon rogha aige anois. Bhí an doras dúnta. Chaithfeadh sé fanacht anseo. Ní fhéadfadh sé éalú.

Bhí a chosa agus a lámha fós ar crith. Bhí sé níos mó ar a shuaimhneas, áfach. Níor aimsíodh é. Bheadh sé slán sábháilte anseo go ceann cúpla lá.

Sheas sé suas. Shín sé na géaga. Bhí na pianta ag maolú. Dea-chomhartha. Ghlanfadh an mheabhair freisin de réir a chéile.

Bhreathnaigh sé thart. Arís cúpla nóiméad chun seans a thabhairt dá shúile. Ansin suas síos ceann de na pasáistí beaga idir na seilfeanna. Bhí dhá bhosca mhóra oscailte. Chuardaigh sé an chéad cheann. Calóga arbhair. Roinnt paicéad imithe. Ní thabharfadh aon duine faoi deara é dá dtógfadh sé ceann eile.

Brioscaí a bhí sa dara ceann. Sciob sé dhá phaicéad agus ar ais leis isteach sa chúinne. Leathuair an chloig ina dhiaidh sin bhí an paicéad calóg arbhair beagnach folamh. Eoghan fós ag cur mámanna isteach ina bhéal. Ní raibh sé tosaithe ar na brioscaí fós.

Ba chóir dó iad a spáráil. Bhreathnaigh sé orthu. Bhí a bholg fós ag geonaíl. Chaithfeadh sé iad a spáráil. Ach ní fhéadfadh sé. É chomh stiúgtha sin leis an ocras nár fhéad sé srian a chur leis féin. Dá bhféadfadh sé deoch a fháil anois. Shiúil sé ó bhosca go bosca. Caithfidh go raibh uisce nó deoch éigin anseo.

Taobh istigh de chúpla nóiméad bhí sé ar ais ina chúinne féin. Boiscín sú úll, paicéad eile calóg arbhair agus lítear uisce aige. Nuair a bheadh an tromluí seo thart thiocfadh sé ar ais agus d'íocfadh sé as gach aon rud. Idir seo agus sin bhí súil aige nach n-aireodh muintir an tsiopa go raibh siad ar iarraidh.

D'aimsigh sé dhá mhála mhóra eile chomh maith. Málaí boga. Idir na málaí sin agus na cinn a bhí sa chúinne cheana féin bheadh sé in ann leaba réasúnta cluthar a dhéanamh dó féin agus bheadh an cúinne sin sábháilte go leor. Ní fheicfeadh éinne istigh ansin é. Níor mhiste leis codladh a bheith aige anois. Caithfidh go raibh sé fós luath go leor sa lá. Ach céard eile a bhí le déanamh aige? Ithe. Codladh. Agus fanacht. Fanacht nó go bhféadfadh sé na <u>míreanna mearaí</u> go léir a bhailiú agus an pictiúr iomlán a chur le chéile.

Iad ag gáire. É féin agus Liam.

'Cén chaoi a bhfuair tusa an síniú?'

'Éasca. Chuir mé faoi shrón mo Mham é agus í ag léamh.'

'Níor chuir sí ceist ort?'

'Chuir. Ach dúirt mé gur vacsaín a bhí i gceist – cead tuismitheora le haghaidh vacsaín in aghaidh an fhliú!'

'Agus ghlac sí leis sin?'

'Ghlac. Níor bhac sí leis an bhfoirm a léamh. Céard fútsa?'

'Mé féin a rinne é. Léann mo mháthair gach líne de gach litir agus gach foirm a thagann isteach sa teach. Fiú an cló beag. Síos go dtí an "An tSeapáin, tír a dhéanta!" Dá ndéanfainnse an fhoirm a thaispeáint di bheadh deireadh liom.'

Thosaigh an bheirt acu ag gáire arís.

Bhreathnaigh Eoghan ar an síniú.

'Rinne tú go maith. Ní aithneodh aon duine gur síniú falsa atá ann.'

Liam. Liam Ó Dónaill. Marbh.

D'airigh Eoghan an dlúthcheangal a bhíodh eatarthu. Dlúthchairdeas. Mar a bheadh deartháireacha. D'airigh sé ina chroí é.

D'oscail sé a shúile. Bhí a chroí trom leis an uaigneas. Arís ní ligfeadh sé dó féin tosú ag caoineadh. Bheadh seans aige é sin a dhéanamh nuair a bheadh an tromluí seo thart.

Ach céard a bhí ar siúl aige féin agus Liam? Cén fáth a raibh na síniúcháin sin uathu? Cén fáth a raibh air siúd bréaga a insint? Cén fáth a raibh ar Liam an síniú a bhréagnú?

D'ól sé bolgam uisce agus luigh sé siar arís ag súil go bhféadfadh sé breith ar mhír amháin eile den scéal.

Mar sin a d'imigh an t-am. Codladh. Dúiseacht. Codladh arís. Míreanna de bhrionglóidí. Giotaí beaga de chuimhní.

Liam. Liam agus é féin. Iad ar scoil. Iad sa chlós. Iad ag imirt peile. Iad sa charr sin arís. Dá bhféadfadh sé guthanna na beirte sa suíochán tosaigh a chloisint. Arbh iad siúd an bheirt chéanna a bhí á lorg féin sa choill? Bhí tuairim aige gurbh iad. Ní raibh ann ach tuairim, áfach. Nó mothú. Sea. B'in a bhí ann. Mothú an-láidir.

Cóta bán. Steiteascóp ag luascadh anonn is anall os comhair a dhá shúl. Aghaidh ag teacht is ag imeacht. Ag

teacht is ag imeacht. Ag breathnú isteach ina aghaidh siúd. Suas is anuas mar a bheadh puipéad láimhe. Suas. Anuas. Isteach. Amach. Beola ag gluaiseacht ach gan aon fhuaim ag teacht uathu.

Shuigh sé aniar ina leaba gharbh. Bhí an talamh crua faoi na málaí. An bhean sin arís. Mír eile.

Bhí sé cráite ag na brionglóidí seo. Brionglóidí. Cuimhní. Iardhearcaí. Pé rud a bhí iontu. Iad ar fad measctha suas ina chloigeann. Bhí sé cráite acu ach san am céanna shantaigh sé tuilleadh acu. Dá bhféadfadh sé iad ar fad a tharraingt le chéile.

Ní raibh fonn codlata air a thuilleadh.

Chas sé mála amháin thart timpeall ar a ghuaillí chun é féin a choinneáil te. Chuir sé a dhroim le balla agus tharraing chuige an dara paicéad calóg arbhair.

Cé mhéad uair is féidir le duine paicéad a léamh?

Bhí gach eolas aige anois faoi líon na gcalraí agus faoin méid salainn a bhí i ngach uile chalóg arbhair, i ngach briosca, i ngach greim a bhí curtha isteach ina bhéal aige. Faoin am seo bhí na brioscaí agus na calóga arbhair críochnaithe aige. A shúile tinn ón amharc dúbailte. Ó bheith ag iarraidh léamh sa leathdhorchadas. Na paicéid ar fad de ghlanmheabhair aige. Ach bhí ocras fós air. Dá bhféadfadh sé cuardach ceart a dhéanamh cá bhfios céard a d'aimseodh sé?

Sheas sé suas arís, shín sé na géaga agus rinne sé a bhealach go ciúin, cúramach trasna go dtí doras an bhotháin. Na lámha ag cuidiú leis na súile arís, d'aimsigh sé fráma an dorais. Ansin an lasc. Chuaigh sé sa seans agus las sé an solas.

Bhreathnaigh sé thart ar na boscaí agus na málaí ar fad. Bhreathnaigh sé ar na seilfeanna. Bhí doras eile thíos sa chúinne taobh thiar de na seilfeanna ar fad. Doras liath. Cúldoras b'fhéidir? D'fhéadfadh sé é sin a fhiosrú arís. Anois, áfach, an t-ocras a bhí á thiomáint. Ba bhreá leis braoinín bainne nó cúpla slis aráin. Bia ar bith a líonfadh a bholg. Chuardaigh sé gach seilf ach ní raibh aon bhia úr le feiceáil áit ar bith. Caithfidh nach raibh sa stóras ach na paicéid. Brioscaí, málaí tae, caife, cannaí agus roinnt boscaí móra eile gan aon lipéad orthu. Bheadh na cannaí go breá dá mbeadh oscailteoir aige. Pónairí, piseanna, stobhach de shaghas éigin.

Bhreathnaigh sé cúpla uair ar na boscaí nach raibh aon lipéad orthu ach bhí faitíos air aon bheart a oscailt nach raibh oscailte cheana féin. Sciob sé cúpla paicéad eile brioscaí agus bosca *Weetabix*. Ní bheadh an *Weetabix* róbhlasta gan aon bhainne air ach ba chuma. Líonfadh sé an poll ina bholg. Líonfadh sé an folús ama freisin.

Ní raibh bealach ar bith ag Eoghan le cuntas a choinneáil ar chaitheamh an ama. Agus an solas múchta aige arís shuigh sé síos, a dhroim le balla aige agus é ag iarraidh na giotaí beaga eolais a bhí aige a chur le chéile.

Faoin am seo bhí sé dorcha lasmuigh. An banda beag solais os cionn an dorais imithe. É ródhorcha aon phaicéad a léamh. Ródhorcha le rud ar bith a dhéanamh seachas a bheith ag smaoineamh.

Ag pointe éigin d'éirigh a shúile trom agus thosaigh sé ag <u>míogarnach</u>.

Cótaí bána, ballaí bána. Na beola ag gluaiseacht ach gan oiread is focal ag teacht. Bean an chóta bháin. A súile ag breathnú isteach ina shúile siúd. An steiteascóp ag luascadh.

Brionglóidí gearra gan aon chiall ná aon réasún ag baint leo.

Ghlac sé leis gurb í bean an chóta bháin an bhean a bhí sa choill. Dochtúir nó banaltra, b'fhéidir? Cén fáth nach raibh sé in ann na focail a dhéanamh amach? An steiteascóp crochta óna muineál. Ní fhaca sé a lámha ach ar chaoi éigin bhí a fhios aige go raibh <u>steallaire</u> ina lámh dheas aici. An raibh sí chun instealladh a thabhairt dó? Bhí a fhios aige go raibh níos mó sa phictiúr seo dá bhféadfadh sé é a oscailt amach i gceart. Mar a bheadh scannán ar an teilifís agus na himill as riocht, imeall an scáileáin, imeall an phictiúir gan a bheith le feiceáil.

Bhí sé cinnte go raibh daoine eile ar an imeall. Leaba eile. Othair eile. Nó othar amháin, b'fhéidir. Agus dochtúir nó banaltra eile.

Ransaigh sé na hiardhearcaí eile.

É féin agus Liam sa charr ag an gcomhartha bóthair. An bhean sa suíochán tosaigh. Arbh í siúd an bhean chéanna arís? Agus cén t-eolas a bhí aige féin faoi dhúnmharú Liam go gcaithfí eisean a dhúnmharú freisin? Eolas a bhí dearmadta ach a thiocfadh ar ais chuige. Eolas a bhain le dáileog, le hinstealladh, le drugaí.

Agus na síniúcháin bhréige. Cad chuige iad sin? Rud éigin a bhain le cúrsaí scoile? Níorbh ea. Bhí sé céad faoin gcéad cinnte nárbh ea. Cinnte freisin go raibh baint aige sin le gach rud. Dá bhféadfadh sé …

Stop sé.

Coiscéimeanna arís. Bolta á tharraingt siar. Drannadh íseal. Madra.

Chloisfí a chroí ag preabadh. Nó mura gcloisfí, gheobhadh an madra an boladh agus bheadh deireadh leis ansin ar aon nós.

Osclaíodh an doras go mall. Leathsholas na gealaí ag sleamhnú isteach. Ag caitheamh scáileanna ar fud an stórais. Cruthanna aisteacha na seilfeanna agus na málaí mar a bheadh dealbha. Nó daoine a bhí reoite ansin sa dorchadas.

Chúb Eoghan isteach ina chúinne féin. Eisean ina dhealbh chomh maith. Gach ball dá chorp ar tinneall is é ag fanacht nó go n-aimseodh an madra é.

'Go réidh! Go réidh, a Bhrain.'

Cailín. Guth cailín.

Coiscéim eile. Dhá cheann. An madra ag drannadh arís.

'Go réidh, a Bhrain.'

Sea. Cailín. Déagóir. D'aithin sé an guth sin. Guth eile gan aghaidh. Gan ainm.

Clic. Solas íseal le feiceáil. Tóirse?

Clinc. Rud éigin á leagan ar an urlár. Clinc eile. Bran fós ag drannadh. Níos ísle anois, áfach.

'Go réidh, a Bhrain. Go réidh. Anois téanam. Fág seo.'

Coiscéimeanna ag imeacht. Chuala sé an doras á dhúnadh agus an bolta á tharraingt. Bhí an doras faoi ghlas arís ach bhí an tóirse fágtha ar an talamh. Bhí sé in ann an ciorcal beag solais a fheiceáil os a chionn.

Amach leis go ciúin as an gcúinne agus trasna go dtí an tóirse. In aice leis ar an talamh bhí pláta. Ceapairí cáise agus sicín. Agus boiscín eile sú úll.

Bhí a fhios ag an gcailín seo go raibh sé ann. Cara? An raibh cara aige? Nó arbh é go raibh cleas éigin á imirt air? Go ndéanfadh sí seiceáil ar maidin an raibh an bia ite? Ba chuma leis. Bia ceart a bhí ann i gcomparáid leis na brioscaí agus na calóga arbhair gan trácht ar *Weetabix* tirim.

Agus é ar ais ina chúinne féin arís d'oscail sé an boiscín sú úll agus chaith siar é leis na ceapairí. Ba mhór an faoiseamh dó bia a fháil a dhéanfadh a bholg a shásamh agus a líonadh. Ach níos tábhachtaí fós, ba mhór an faoiseamh dó cara a bheith aige. Cara anaithnid ach cara is ea cara. Mhúch sé an tóirse agus dhún sé a shúile.

Nuair a dhúisigh sé arís bhí sé báite in allas ach préachta leis an bhfuacht san am céanna. Bhí a chloigeann trí thine. A gheansaí cochaill tais. A lámha ar crith. Le teas. Le fuacht. Thosaigh sé ag póirseáil thart sa dorchadas. D'aimsigh sé an tóirse agus las é.

Uisce. Chaithfeadh sé uisce a bheith aige. Ar éigean a d'fhéad sé breith ar an mbuidéal leis an gcreathán a bhí sa dá lámh. D'éirigh leis é a chur lena bheola, áfach, agus shlog sé siar bolgam den uisce fuar. Ní raibh ach leath an bhuidéil fágtha. Chaithfeadh sé a bheith cúramach leis. Luigh sé síos arís, tharraing na málaí thart timpeall air féin. Bhí siad sin tais freisin. D'athraigh sé thart iad ionas go raibh an chuid ba thaise ar an taobh amuigh. Níor airigh sé mórán níos fearr. Bhí a gheansaí cochaill chomh fliuch sin nach ndearna sé maitheas ar bith. Bhí a chloigeann ag scoilteadh le teas agus le tinneas. A shúile trom. Dhún sé arís iad agus rinne iarracht dul ar ais a chodladh.

Nuair a dhúisigh sé bhí daoine ag béicíl. Daoine ag rith. Scaoll. Cótaí bána sa tóir air. Cótaí bána gan aon chorp iontu. Muinchillí á gcroitheadh san aer mar a bheadh sciatháin á ngreadadh. Rith. Rith.

Thuas i gcrann. É ag titim. Ag titim. Cótaí bána ag bun an chrainn. Steiteascóp ag gach cóta. Steiteascóp ach gan aon chloigeann ná aon mhuineál ar aon cheann acu. Iad go léir ag bagairt air. É ag breith ar chraobh os a chionn. Gan ann ach aer. Titim. É ag titim. Ag titim.

Bhí sé báite ó bhonn go baithis. A dhroim. A mhuineál. A chosa. Tais. Fliuch. Te agus fuar. D'ól sé bolgam eile. Thosaigh sé ag crith. Gach ball dá chorp imithe ó smacht. A chloigeann chomh trom sin. A shúile. Trom. Trom. Trom.

É trí thine. Lasracha móra thart timpeall air. Béicíl.

'Cabhair! Cabhair!'

Liam ag béicíl.

'Cabhair!'

Chaithfeadh sé éirí. Chaithfeadh sé dul i gcabhair air.

Rinne sé iarracht éirí. Theip air. É gafa. Ceangailte. Rópa. Rud éigin ar a chuid rostaí. É sínte ar leaba. Ceangal cos is lámh air. Bolta á tharraingt. Doras á oscailt. Á dhúnadh. Duine á choinneáil síos. Chaithfeadh sé béicíl. Ní thiocfadh sé. An scread gafa ina scornach.

'Ssss! Go réidh. Go réidh.'

Ní fhéadfadh sé é a ghlacadh go réidh. Ní fhéadfadh sé a bheith ciúin. Chaithfeadh sé scread a ligean. Chaithfeadh sé cabhair a fháil.

'Ssss! Caithfidh tú a bheith ciúin. Cloisfear thú. Cloisfidh mo Dhaid tú.'

Steallaire os a chionn. Duine á choinneáil síos. Ssss! Éirigh as an screadaíl. Duine ag breith ar a lámh. Muinchille á chrapadh siar. Bior. Dealg. Snáthaid. Scread. Dorchadas.

'Ssss. Seo. Ól é seo!'

Bhí lámh taobh thiar dá cheann. Á ardú.

Bhí sé marbh. Bhí sé ar neamh. Aingeal a bhí ann agus é ag cuidiú leis. É? Nó í? Allas. Agus teas. Lasracha á shlogadh. Lasracha suas agus anuas a dhá chos.

Ní sna flaithis a bhí sé ach in ifreann.

'Seo. Caith siar é.'

Uisce. Ní bheadh a leithéid acu in ifreann. Caithfidh go raibh sé ar neamh. Uisce lena bheola. Ní hea. Ní uisce a bhí ann ach deoch mhilis, bhlasta. D'fhéadfadh sé an buidéal ar fad a ól.

'Go réidh. Go réidh. Ná hól go róthapa é. Beidh tú tinn.'

D'aithin sé an guth. An guth céanna is a bhí cloiste aige ag caint leis an madra níos luaithe. An guth a d'aithin sé ach nár aithin. An cailín. Ní hea ach aingeal. Aingeal coimhdeachta tagtha i gcabhair air.

'Braoinín eile.'

Rug sé ar an mbuidéal agus chuir lena bheola é. Rinne sé iarracht é a ól go mall mar a dúirt an t-aingeal leis ach bhí an tart róghéar air.

D'ardaigh an buidéal don dara huair. Dada. Folamh.

Ansin brúchtaíl. Agus gáire. Bhí an t-aingeal ag gáire.

'Bí ciúin nó músclóidh tú mo Dhaid!'

Rinne Eoghan iarracht a shúile a oscailt. Bhí siad róthrom. Rópianmhar. D'airigh sé é féin ag sleamhnú siar arís isteach sa dorchadas. É rólag le troid ina choinne.

Bhí solas íseal thart air. Tóirse. Aghaidh ag breathnú anuas air.

Duine de na cótaí bána? An bhean sa choill?

Bhuail scéin é. D'oscail sé a bhéal le scread a ligean. Scread nach dtiocfadh. An raibh sé beo nó marbh? Ina dhúiseacht nó ina chodladh? An raibh sé i lár tromluí éigin?

'Ssss! Go réidh. Tá tú ceart go leor anois. Ná bí ag iarraidh labhairt. Tabhair seans duit féin.'

Guth bog, cineálta. Guth séimh, suaimhneach.

Bhreathnaigh Eoghan arís ar an aghaidh. Ní bean an chóta bháin a bhí ann ach an t-aingeal. An cailín.

'Bhí tú ag <u>rámhaillí</u>. Tá tuáille fliuch agam anseo. Táimse chun d'aghaidh a ní anois. Ina dhiaidh sin glanfaidh mé an chréacht sin ar do bhaithis.'

Cailín an mhadra. Aingeal na gceapairí.

Leag sí tuáille fliuch ar a éadan. D'airigh sé sin go hiontach ar fad. Faoiseamh. Dhún sé na súile arís.

É i bpoll domhain. Poll dubh. Steiteascóp á luascadh os a chionn. Sall is anall. Sall is anall. Ag teacht ní ba ghaire dó. Díreach os a chomhair amach. Steallaire. Béicíl.

'Sssss! Go réidh. Tá tú ceart go leor. Tá tú sábháilte anseo.'

D'airigh sé uisce lena bheola. Shlog sé siar go craosach é. Agus chodail.

Nuair a d'oscail sé na súile arís bhí an cailín ina suí ar bhosca in aice leis agus í ag stánadh air. Madra mór taobh léi. Cén t-ainm a bhí air? Sea. Bran. Agus uirthi siúd? Dhéanfadh 'An tAingeal' cúis go fóill.

'Caithfidh tú iarracht a dhéanamh gan a bheith ag béicíl. Bhí fiabhras ort. Tá fós. Bhí tú ag rámhaillí. Ach tá faitíos orm go músclóidh tú m'athair. Dá mbeadh a fhios aige siúd go raibh tú anseo …'

'Nílim ag iarraidh aon trioblóid a tharraingt ortsa.'

Bhí na focail ar chúl a scornaí. D'airigh sé é féin á rá ach bhí tuairim aige nár tháinig óna bhéal ach sruth fuaimeanna. Fuaimeanna gan chiall. Rinne sé iarracht eile. An rud céanna arís. Monabhar aisteach, dothuigthe.

Ba chuma leis an gcailín. Níor chuir sé isteach ná amach uirthi nó má chuir níor lig sí dada uirthi.

'Ná bí ag iarraidh labhairt in aon chor go fóill. Seo. Tá buidéal eile *7 Up* agam anseo. Agus nuair a airíonn tú níos fearr tá T-léine thirim agam duit freisin.'

'Ach ...'

Arís níor tháinig uaidh ach monabhar gan chiall.

'Tóg go réidh é. Ní gá labhairt fós. Tá tú sábháilte anseo.'

Bhí rud éigin a bhain lena guth a thug le fios dó go bhféadfadh sé í seo a thrust. Lig sé di cabhrú leis a gheansaí cochaill fliuch a bhaint de. Ghlan sí an t-allas dá dhroim leis an tuáille. Nigh sí an chréacht ar a bhaithis arís agus chabhraigh sí leis an T-léine ghlan a chur air.

'Go raibh maith agat,' arsa Eoghan ina chloigeann. D'airigh sé i bhfad níos fearr. Fós, áfach, ní thiocfadh na focail chomh fada lena bhéal.

'Tá cuilt agam anseo freisin. Beidh sé níos fearr ná na málaí sin.'

Chabhraigh sí le hEoghan éirí agus suí ar an mbosca. Ansin leag sí cúpla mála glan ar an urlár agus chaith sí an chuilt anuas orthu.

'Má choinníonn tú anseo sa chúinne iad ní bheidh siad le feiceáil ón doras fiú má thagann mo Dhaid isteach. Agus déanfaidh mise mo dhícheall obair an stórais a dhéanamh an tseachtain seo. Agus muid ar bhriseadh meántéarma ba cheart go mbeadh sé éasca go leor é sin a dhéanamh.'

Briseadh meántéarma? Saoire scoile? An raibh seisean ar saoire scoile freisin?

Bhris guth an aingil isteach ar a chuid machnaimh.

'...Agus an leithreas. Tá a fhios agat cá bhfuil sé?'

Chroith Eoghan a cheann.

'Thíos ansin. An doras liath ar chúl taobh thiar de na seilfeanna. Níl cuma ná caoi air. Ní úsáidtear riamh é ach déanfaidh sé cúis.'

'Go raibh maith agat,' arsa Eoghan arís, 'ach …'

Cé go raibh sé ionann is cinnte gur tháinig na focail amach an uair seo bhí sé ródheacair an abairt a chríochnú.

'Fáilte romhat. Bíodh codladh eile agat anois. Caithfidh mise dul isteach arís. Déan iarracht a bheith chomh ciúin agus is féidir leat agus tiocfaidh mé amach chugat arís nuair a bheidh deis agam.'

Chas sí i dtreo an mhadra a bhí ag míogarnach ansin ag bun na cuilte.

'Seo, a Bhrain. Fág seo. Go deas réidh anois. Go deas ciúin.'

Bhuail uaigneas millteanach Eoghan agus an bolta á tharraingt ar an doras. É fágtha ina aonar arís. An t-aon chara a bhí aige ar domhan agus í imithe uaidh. Cá bhfios cá fhad go bhfeicfeadh sé arís í?

Chaill Eoghan cuntas ar chúrsaí ama. Codladh.
Dúiseacht. Codladh. É fós an-lag. An fiabhras ag
teacht is ag imeacht. Creathán ina chnámh droma.
Gach ball dá chorp ar crith. É ciaptha ag pianta. Sna
cosa. Sa chloigeann. Chuile áit. Ó bhaithis go bonn.
Ansin codladh cráite arís. Dúiseacht agus codladh.
Codladh agus dúiseacht. Codladh scanrúil ina raibh
sé ag iarraidh éalú. Ó dhuine éigin. Ó dhaoine
éagsúla. É ag iarraidh béic a ligean. Béic nach
dtiocfadh. É ag cur allais. Ag caoineadh. An
t-aingeal. An cailín. Í ag teacht is ag imeacht. An
tuáille fuar, fliuch ar a éadan. A chloigeann réidh le
pléascadh leis na pianta, leis an teas. É ar crith.
Préachta leis an bhfuacht. Teas agus fuacht. Codladh
agus dúiseacht. A chloigeann á ardú agus buidéal á
chur lena bheola. Ansin codladh. Cathair ghríobháin
de chodladh. Cathair ghríobháin a bhí dorcha,
scanrúil. Lán de scáthanna agus scáileanna aisteacha.

É sa choill. Daoine sa tóir air. É in ospidéal. Liam ag teacht is ag imeacht. Screadaíl. Screadaíl fhíochmhar, cráite. Cótaí bána ag rith thart. Steallairí acu. Iad á n-ardú. Á mbrú isteach ina aghaidh. Iadsan ag screadaíl freisin. Screadaíl ard, scanrúil. É ag rith síos pasáiste dorcha. Steallairí agus cosa fúthu. Iad sa tóir air. Cótaí bána sa tóir orthu siúd. É ag rith. É ag iarraidh béic a ligean. Béic nach dtiocfadh.

Bhí T-léine thirim eile in aice lena philiúr mar aon le buidéal mór *7 Up*. Shuigh Eoghan aniar sa leaba chrua, bhain sé de an T-léine fhliuch agus chuir an ceann glan, tirim air. D'airigh sé níos fearr láithreach. D'ól sé bolgam den *7 Up* agus bhreathnaigh sé thart.

Bhí madra ina luí ag a chosa, é ag faire air. Bran. Madra an aingil.

Shín Eoghan a lámh amach chuige agus rinne Bran í a lí.

'Cé chomh fada is atá tusa anseo?' arsa Eoghan.

Ní dhearna Bran ach a lámh a lí arís.

D'fhan siad mar sin ar feadh tamaill – Eoghan breá sásta leis an gcomhluadar, cloigeann Bhrain á chuimilt aige ó am go chéile agus a lámh siúd á lí ó am go chéile ag an madra.

Go tobann, bhioraigh cluasa Bhrain. Bhí duine éigin ag an doras.

Bhí croí Eoghain ina bhéal agus é ag éisteacht le díoscán an bholta. Thosaigh Bran ag croitheadh a eireaball, áfach. Isteach leis an gcailín. Buidéal eile *7 Up* faoina hascaill aici.

'Iontach,' ar sise nuair a chonaic sí Eoghan ina shuí. 'Tá tusa ag breathnú i bhfad níos fearr.'

'Airím i bhfad níos fearr freisin,' arsa Eoghan. 'A bhuíochas duitse. Bhí tú thar cionn. Go raibh míle

maith agat as ucht … bhuel … as ucht gach rud …
deochanna, bia, m'éadan a ní, T-léinte glana. Gach
aon rud. Go raibh maith agat.'

'Tá fáilte romhat. Bhí tú dona go leor ar feadh oíche
nó dhó.'

'Oíche nó dhó? Cá fhad atáim anseo?'

'Trí oíche ar fad.'

Bhain an t-eolas seo stangadh as Eoghan.

'Trí oíche?'

'Sea. Aréir an oíche ba mheasa. Bhí tú ag béicíl agus
ag rámhaillí cuid mhaith den oíche. Bhí tú fós ag
rámhaillí nuair a tháinig mise isteach ar maidin. Bhí
eagla an domhain orm go gcloisfeadh mo Dhaid thú.
Éiríonn seisean an-luath. Agus …'

Chuimhnigh Eoghan ar an maidin ar ghoid sé an
leathanach nuachtáin. An fheadaíl íseal sin. Agus
díoscán an bhara rotha. Caithfidh gurbh é an
t-athair a bhí ann.

'Agus céard?'

D'airigh Eoghan amhras éigin ina súile.

'Agus céard?' ar seisean arís.

'Agus … shíl mé go mb'fhéidir go raibh dochtúir de dhíth ort ach … bhuel, bhí leisce orm glaoch air.'

Caithfidh gur thuig sí go raibh sé ar a theitheadh. Cé mhéad eile den scéal a bhí ar eolas aici? Caithfidh go bhfaca sí an pictiúr sa nuachtán. An ceann san fhuinneog. B'fhéidir gurb í féin a chuir ann é. Nó a hathair. Cibé duine a chuir ann é, caithfidh gur aithin sí eisean. Ach más rud é gur aithin cén fáth go raibh sé fós anseo? Cén fáth nár chuir sí fios ar na gardaí?

Ba iad seo na ceisteanna a bhí ar bharr a theanga ag Eoghan. Ní dúirt sé, áfach, ach 'Go raibh maith agat. Táim go breá anois. Imeoidh mé as seo a luaithe agus is féidir. Nílim ag iarraidh aon … aon trioblóid a tharraingt ortsa.'

'Imeacht? Cá háit? Tá sé ceart go leor. Níl aon bhrú

ort. Ach … '

'Ach céard?' arsa Eoghan.

'Bhuel! Níl aon deifir ach nuair a thagann tú chugat féin arís caithfidh tú …'

Bhí Eoghan ciúin. É ag fanacht ar an gcuid eile den abairt. Níor tháinig sé, áfach.

'Ná bac anois,' arsa an cailín. 'Pléifimid amárach é.'

Sula raibh deis ag Eoghan aon rud a rá bhí sí imithe arís agus an doras dúnta ina diaidh aici.

'Tá siad seo chomh blasta. Go raibh míle maith agat.'

Bhí Eoghan ina shuí ar an gcuilt agus ceapaire á chogaint aige. Ceapaire sicín.

Is maith an t-anlann an t-ocras.

Cár chuala sé é sin? Deireadh duine éigin é. Bhí a fhios aige go raibh sé cloiste go minic aige. Dúirt sé os ard é.

Bhí an cailín ina suí ar bhosca adhmaid agus a droim le balla aici. Thosaigh sí ag gáire.

'Bheadh an Máistir Ó Murchú breá sásta leat.'

'An Máistir Ó Murchú?'

Ní raibh tuairim ag Eoghan cé a bhí i gceist aici.

'Seanfhocal,' arsa an cailín. 'Nach mbíonn sé i gcónaí ag rá go bhfuil seanfhocal ann a oireann do gach uile ócáid! Agus breathnaigh ortsa anois. Seanfhocal fiú tar éis a bheith chomh tinn is a bhí tú!'

Bhí Eoghan díreach ag stánadh uirthi. Ní raibh tuairim aige cérbh é an Máistir Ó Murchú nó cad as ar tháinig an seanfhocal. Bhí leisce air é sin a admháil, áfach.

Chríochnaigh sé ceapaire amháin agus thosaigh ar cheann eile.

'Imeoidh mé a luaithe is a bheidh siad seo ite agam.'

'An bhfuil tú as do mheabhair?' arsa an cailín. 'Cá rachaidh tú?'

'Níl a fhios agam fós. Smaoineoidh mé ar rud éigin. Níl sé féaráilte ortsa …'

Níor chríochnaigh sé an abairt. Bhí tuairim aige go dtuigfeadh sí.

'Táim thar a bheith buíoch díot as an méid atá déanta agat. Murach do chúnamh is do chúram níl a fhios agam an mbeinn beo nó marbh.'

Rinne sí leathgháire.

'Marbh sílim! Ach cén deifir atá ort? Ní dóigh liom go bhfuil tú réidh le dul áit ar bith. Tá tú tar éis a bheith an-tinn. Dúirt mé leat inné nach raibh aon bhrú ort. Is féidir leat fanacht chomh fada agus is gá.'

'Ach shíl mé gurbh in a bhí i gceist agat … nuair a dúirt tú go bpléifimis ar ball é… '

'É sin! Ní imeacht a bhí i gceist agam.'

'Céard a bhí i gceist agat mar sin?'

'Eolas,' ar sise. 'Eolas atá uaim. Fútsa. Faoi Liam. Faoinar tharla. Níl aon bhrú ort imeacht ach má theastaíonn uait fanacht anseo caithfidh tú an fhírinne a insint dom. An fhírinne lom. An fhírinne iomlán.'

Béim ar an bhfocal *iomlán*.

D'fhreagair Eoghan go mall.

'D'inseoinn cinnte – dá mbeadh a fhios agam féin …'

'Céard atá i gceist agat?'

'Sin í an fhadhb,' arsa Eoghan, 'dá mbeadh a fhios agam céard a tharla bheinn á insint dom féin ar dtús seachas do strainséir.'

'Strainséir?'

A guth ní b'airde an uair seo.

'Strainséir? Mise?'

Bhreathnaigh Eoghan arís uirthi. Bhí tuairim aige gur chóir go mbeadh aithne aige uirthi. Níos mó ná tuairim. Cinnte bhí aithne aige uirthi. Nó bhíodh. Thosaigh sé ag ransú ina intinn. Máire? Nóirín? Aoife? Síle? Níorbh ea. Cáit? Áine? Níor bhuail aon cheann acu aon chloigín ina intinn. D'fhéadfadh sé dul trí na céadta ainmneacha ach fós ní bheadh tuairim aige.

Cén chaoi a bhféadfadh sé é seo a mhíniú? An gcreidfeadh sí é? Mura gcreidfeadh, an gcuirfeadh sí ó dhoras é? An gcaithfeadh sí amach ar an mbóthar é? Cén chaoi a bhféadfadh sé a mhíniú nach raibh tuairim aige céard a tharla seachas go raibh daoine aisteacha sa tóir air, go raibh daoine ag ceapadh gur dhúnmharaigh seisean Liam Ó Dónaill, go raibh a fhios aige siúd gur mharaigh daoine eile é agus go raibh siadsan ag iarraidh eisean a mharú anois agus gur cheap seisean … céard a cheap seisean? Ní raibh tuairim aige. Ó, a thiarcais! Agus céard a cheap an cailín seo? Caithfidh go raibh na nuachtáin léite aici siúd. Ar shíl sise freisin gur dhúnmharaigh sé Liam?

Bhí a fhios aige féin nár mharaigh sé duine ar bith. An fear agus an bhean sin·sa choill. Nach ndúirt siadsan gurb iad siúd a mharaigh é. Timpiste de shaghas éigin. Cad é sin a dúirt siad? *Dose* rómhór? Rud éigin mar sin…

Cá dtosódh sé? An bhféadfadh sé an cailín seo a thrust? Shíl sé go bhféadfadh. Agus cibé scéal é cén rogha a bhí aige? Go bhfios dó ní raibh cara ar bith eile aige ar domhan.

'Tá brón orm,' ar seisean. 'Ní raibh mé ag iarraidh tú a mhaslú. Ach tá sé seo an-chasta. Casta agus … agus dochreidte. Ní dóigh liom go gcreidfeá …'

'Abair leat agus feicfidh mé féin an gcreidim tú nó nach gcreidim. Ach …'

Labhair sí go mall agus í ag breathnú isteach ina

shúile. Comhartha ceiste ina súile siúd.

'Ach ar dtús – céard a bhí i gceist agat nuair a dúirt tú gur strainséir mé.'

Lig Eoghan tromosna.

'Mar a dúirt mé,' ar seisean, 'tá sé seo dochreidte ach is í an fhírinne ná nach bhfuil aon chuimhne agam ar aon rud a tharla go dtí gur dhúisigh mé cúpla lá ó shin i mbothán i lár na coille ar imeall an tsráidbhaile seo. Nílim cinnte cén lá go díreach a bhí ann. Ach níl aon aithne agam ortsa ná ar aon duine eile. Orm féin fiú. Ní bheadh m'ainm féin ar eolas agam ach go bhfaca mé sa nuachtán é. Tá na nuachtáin ag rá gur dhúnmharaigh mé Liam Ó Dónaill ach tá a fhios agamsa nár mharaigh.'

Bhí sé seo níos éasca ná mar a shíl sé. Agus an scéal tosaithe aige ní raibh sé in ann stopadh. Na focail ag stealladh óna bhéal mar a bheadh tuile gan trá. Mar a bheadh scamall á oscailt i lár stoirme. Lean sé air.

'Tá na daoine a rinne é sa tóir orm, iadsan anois ag iarraidh mise a mharú mar go gceapann siad go bhfuil eolas agamsa faoin dúnmharú. Ach níl. Nó faoi láthair, níl. Níl aon chuimhne agam ar aon rud agus dúirt siadsan gur thug siad rud éigin dom chun mo chuimhne a ghlanadh ach nach bhfuil siad cinnte ar oibrigh sé. Tá eagla orthu go mbeidh mé in ann cuimhneamh ar gach rud tar éis seachtaine nó mar sin agus tá siad ag iarraidh mé a mharú roimhe sin.'

Stop sé chun anáil a tharraingt. Bhí an cailín ina suí ar bhosca, a lámha fillte aici agus a béal ar leathadh.

'Bhí a fhios agam nach gcreidfeá mé?'

'Ní hé nach gcreidim ach nach dtuigim. Tá tú ag dul i bhfad róthapa. Níor thuig mé mórán dá ndúirt tú ansin. Tosaigh arís – ag an tús – agus go mall an uair seo. B'fhéidir go dtuigfidh mé an uair seo.'

'Ní thuigim féin é,' arsa Eoghan. 'Tagann na pictiúir

seo isteach i mo cheann – cineál iardhearcaí nó cuimhní. Tagann siad isteach i mo cheann ó am go chéile. B'fhéidir nach bhfuil iontu ach brionglóidí ach dá bhféadfainn iad a …'

'Fan. Stop ansin. An tús, a dúirt mé. Caithfidh tú dul siar go dtí an tús. Go mall anois. Ón tús.'

'Ach níl a fhios agam cá háit a bhfuil an tús. Ní cuimhin liom ach an lár.'

'Breathnaigh ormsa,' arsa an cailín. 'Breathnaigh idir an dá shúil orm.'

'Bhreathnaigh Eoghan go géar uirthi. Bhí súile áille gorma aici agus gruaig a bhí leathbhealach idir donn agus fionn. Ba cheart go mbeadh aithne aige uirthi. Bhí a chroí ag rá leis go raibh – ach bhí folús fós ina inchinn.

'Cén t-ainm atá ormsa?' ar sise.

'Níl tuairim agam. Tá brón orm. Níl tuairim dá laghad agam. Braithim gur chóir go mbeadh aithne agam ort ach sin an méid.'

Luigh Bran síos in aice léi agus leag sé a chloigeann ar a dá ghlúin. Chuir sise lámh amháin timpeall air.

'Ní aithníonn tú in aon chor mé?'

'Ní aithníonn – seachas an rud sin a luaigh mé faoi go mbraithim gur chóir go n-aithneoinn tú. An gcreideann tú mé?'

Bhí tost ann ar feadh cúpla soicind. Bhí ceisteanna le haireachtáil ina súile ach ní ceisteanna amhrais a bhí iontu.

'Creidim,' ar sise. Sílim go gcreidim.'

Rinne sí cloigeann Bhrain a chuimilt agus í ag caint.

'Sinéad,' ar sise. 'Sinéad is ainm dom. Táimid …'

Stop sí. Í ag iarraidh a oibriú amach cé mhéad ba cheart a insint dó.

'Táimid sa rang céanna ar scoil.'

'Tá aithne mhaith agat orm mar sin?'

'D'fhéadfá a rá go bhfuil.'

Labhair sí go mall. Na focail á dtomhas go cúramach aici.

'An-aithne. Tá aithne againn ar a chéile le deich mbliana nó mar sin. Ó bhíomar sa bhunscoil.'

'Tá a fhios agat go bhfuil siad ag rá gur mharaigh mé Liam Ó Dónaill. An bhfuil … an raibh aithne agat air siúd?'

'An bhfuil tú i ndáiríre faoi seo?' arsa Sinéad. 'Ní cuimhin leat rud ar bith?'

'Rud ar bith go dtí gur dhúisigh mé sa bhothán sin sa choill. Tháinig mé anseo. Sciob mé leathanach den nuachtán agus tháinig mé isteach anseo chun é a léamh.'

'Tá a fhios agam an méid sin,' arsa Sinéad. 'Chonaic mé tú. Is le m'athair an siopa. Tá aghaidh mo sheomra codlata ar an gclós agus mhúscail Bran mé nuair a chuaigh tú i bhfolach ó mo Dhaid. Chonaic mé tú arís níos déanaí nuair a tháinig tú ar ais.'

'Glacaim leis gur tusa a d'fhág an tóirse agus na ceapairí.'

'Sea. Ansin níos déanaí chuala mé tú ag béicíl agus tháinig mé ar ais. Táim ag teacht is ag imeacht ó shin.'

'Go raibh maith agat,' arsa Eoghan. 'Go raibh míle maith agat, a Shinéad.'

D'fhill Sinéad ar an stóras cúpla uair an lá sin. Bia éigin aici gach uile uair. Úll ina póca aici nó banana. Bosca beag plaisteach agus feoil agus prátaí ann. Buidéal *7 Up*. Buidéal bainne. Cibé rud a bhí aici chaith Eoghan siar go santach é.

Thug sí éadaí léi freisin. Geansaí cochaill Eoghain nite aici. Ar éigean a d'aithin sé é agus an salachar agus an fhuil glanta chun siúil.

Thug Sinéad an bara rotha léi uair amháin. Mar leithscéal. Earraí éagsúla á gcaitheamh isteach sa bhara aici agus í ag caint le hEoghan. Í ag bailiú earraí don siopa mar dhea.

Éisteoir foighneach a bhí inti. Agus ní hamháin sin, ach de réir mar a bhí a scéal á insint ag Eoghan bhí sise in ann bearnaí áirithe a líonadh dó.

Liam Ó Dónaill. É sáite le scian. A chorp fágtha i ndíog ar imeall na coille ach gan tásc ná tuairisc ar an scian.

B'in bearna a bhí Eoghan in ann a líonadh. D'inis sé do Shinéad faoin scian, faoin áit ina raibh sí faoi cheilt anois faoin tocht, faoin gcaoi a raibh sé i gceist aige dul ar ais agus an hanla a ghlanadh ach go raibh air dul i bhfolach ón mbeirt a bhí ar a thóir. Rinne sé cur síos ar an gcomhrá a chuala sé thíos faoi agus é sa chrann.

'Iad siúd a rinne é mar sin,' arsa Sinéad.

Mhínigh sí ansin go raibh go leor daoine ag glacadh leis gurb é Eoghan a dhúnmharaigh Liam. Bhí seisean ar iarraidh ón lá céanna agus gan tásc ná tuairisc air siúd ach oiread leis an scian.

'Ach bhíomar an-mhór lena chéile. Cén chaoi a bhféadfadh daoine a cheapadh go maróinn duine a raibh mé chomh mór sin leis?'

'Ní raibh sé chomh deacair sin é a chreidiúint,' arsa Sinéad. 'Ní raibh …'

Stop sí.

'Coinnigh ort,' arsa Eoghan. Bhí ionadh air a chloisteáil go gcreidfeadh daoine gur dúnmharfóir é, go bhféadfaí a chreidiúint go ndéanfadh sé a chara a dhúnmharú.

'Céard atá i gceist agat?'

Ba léir go raibh leisce ar Shinéad aon rud eile a rá. Sheas sí suas.

'Caithfidh mise dul isteach. Beidh m'athair do mo lorg.'

'Ach ní féidir leat mé a fhágáil mar seo.'

Bhí Eoghan trína chéile. Deora le feiceáil ina dhá shúil. Sheas seisean freisin agus rug greim ar lámh Shinéad.

'Caithfidh tú a mhíniú dom cén fáth go gceapfadh daoine go ndearna mé é a mharú. An raibh mé … an bhfuil mé chomh gránna sin mar dhuine?'

D'fhéach an bheirt acu isteach i súile a chéile.

Na súile sin. Iad chomh gorm, chomh …

'Chomh gorm, chomh gléigeal …'

An dá aghaidh ag druidim ní ba ghaire dá chéile. An dá bhéal. A dhá lámh siúd ag cíoradh a cuid gruaige. Ise ag gáire agus a géaga thart timpeall ar a choim.

A beola. Mar a bheadh síoda i gcoinne a bheola féin.

'Caithfidh mé imeacht. Beidh mo Dhaid ag fanacht orm.'

'Ná himigh fós.'

Croitheadh cloiginn agus bhí sí imithe. A gáire mar mhacalla ina chluasa.

Chroith Eoghan a chloigeann. B'in cor nua sa scéal.

'Chuimhnigh tú ar rud éigin eile, nár chuimhnigh?' arsa Sinéad.

'Sea. Chuimhnigh mé orainne. Mise agus tusa. Táimid ag …'

Bhris Sinéad isteach go borb air. Níor lig sí dó an abairt a chríochnú.

'Bhíomar.'

'Bhíomar?'

I súile Shinéad a bhí na deora anois.

'Sea. Bhíomar.'

Béim láidir á leagan aici ar an 'bhí'.

Chas sí i dtreo an mhadra. Í corraithe go maith.

'Seo leat, a Bhrain. Fág seo. Caithfimid dul isteach

sula dtagann mo Dhaid do mo lorg.'

Chas sí ar a sála agus amach léi, Bran ag sodar go réidh ina diaidh.

Bhí fonn ar Eoghan rith ina diaidh. Bhí fonn air dul ar a dhá ghlúin agus impí uirthi teacht ar ais. Bhí a fhios aige go mbeadh sé fánach aige, áfach. Bhí a fhios aige nach bhféadfadh sé í a leanúint. Ar an gcéad dul síos bhí an baol ann go bhfeicfeadh duine éigin é agus go gcuirfidís fios ar na gardaí. Nó go mbeadh an fear is an bhean sin thart agus iad fós sa tóir air. Ach chomh maith leis sin thuig sé go raibh spás de dhíth uirthi. Cibé rud a tharla eatarthu, cibé rud a bhí déanta aige siúd chun í a ghortú, bhí sise trína chéile faoi. Agus ar ndóigh, cén rogha a bhí aige? Bhí seisean go huile is go hiomlán faoina comaoin. É ag brath go huile is go hiomlán uirthi.

Gan ise ní bheadh bia ná deoch aige. Gan ise ní
bheadh leaba faoina dhroim ná díon os a chionn.
Gan ise is a cúram ar fad seans nach mbeadh sé beo ar
chor ar bith. Buíochas di siúd, bhí sé compordach
agus cluthar. Agus beo. Mar sin má bhí spás uaithi
chaithfeadh seisean cur suas leis sin.

Shiúil sé suas síos ar feadh tamaill. Ansin tharraing sé
an chuilt timpeall ar a ghuaillí arís agus shuigh sé ina
chúinne beag féin an athuair agus é ag machnamh ar
an eolas nua a bhí aige.

Thuig sé anois cén fáth ar lig sí dó fanacht sa
bhothán, cén fáth nár chuir sí fios ar na gardaí, cén
fáth ar tháinig sí i gcabhair air agus an fiabhras air. Ba
chuma céard a cheapfadh aon duine eile caithfidh gur
chreid sise ina croí istigh nach raibh sé ciontach.

Ach cá fhad a bhí siad ag siúl amach lena chéile? Agus
céard a tharla? Cé a chuir deireadh leis an
gcaidreamh? Ón gcaoi a raibh sise chomh trína chéile
sin faoi caithfidh gurbh eisean a rinne é. Má rinne –
cén fáth? Agus caithfidh go raibh grá éigin aici fós dó

nó ar a laghad meas éigin aici air. Mura raibh, cén fáth go dtiocfadh sí i gcabhair air nuair a shíl gach duine eile gur dhúnmharfóir é.

An oiread sin ceisteanna ach gan aon fhreagraí aige.

Ba í an oíche sin an oíche ab fhaide le hEoghan ó thosaigh sé ag cur faoi sa stóras. Níor chodail sé mórán. D'airigh sé gach fuaim a bhí le cloisteáil taobh istigh agus taobh amuigh. Daoine ag béicíl amuigh ar an mbóthar. Madra ag tafann áit éigin. Madra eile á fhreagairt.

Ar deireadh, chaith sé siar an chuilt agus d'éirigh sé. Shiúil sé chomh fada leis an doras agus ar ais. Shiúil sé suas síos idir na pacáistí. Shiúil sé go dtí an leithreas agus ar ais. Shuigh sé isteach faoin gcuilt arís. Luigh se síos. Rinne sé míogarnach cúpla uair ach codladh briste, cráite a bhí ann. Dhúisigh sé uair nó dhó as brionglóid a bhí díreach tosaithe dar leis agus gan aon chuimhne aige ar ábhar na brionglóide.

Bhí lá fada, uaigneach aige an lá dar gcionn. D'fhág Sinéad cúpla bonnóg agus cupán tae taobh istigh den doras am éigin ar maidin. Cúpla uair an chloig ina dhiaidh sin d'fhág sí dinnéar ar phláta san áit chéanna. Níor labhair sí, áfach, ná níor tháinig sí níos faide ná an doras.

D'ith Eoghan an bia go mall, gach greim á chogaint go cúramach aige is é ag iarraidh an lá a chur isteach.

D'fhill sí níos déanaí le lítear bainne agus paicéad brioscaí. An uair sin bhí Eoghan ar tí glaoch uirthi ach ní dhearna.

Luigh sé síos faoin gcuilt agus rinne iarracht dul a chodladh. Theip air. Bhí a aigne ag rás. Ag rás anois ar bhealach nua, áfach. In áit brionglóidí agus iardhearcaí aisteacha d'airigh sé go raibh cuimhní loighciúla leanúnacha ag teacht le chéile ina chloigeann. Cuimhní a bhí éagsúil ar fad ó na leathbhrionglóidí a bhí á chiapadh go dtí seo. Cuimhní a chuir eagla air ach a raibh fáilte aige rompu mar sin féin.

Ba chuimhin leis é féin agus Sinéad ag dioscó agus iad ag rince le chéile. Iad ag siúl síos an bóthar lámh ar lámh le chéile. Cuimhní fánacha ach ba chuma. Den chéad uair ba chuimhní iad a bhí ag teacht chuige agus é in ann anailís éigin a dhéanamh orthu. Bhí sé in ann breathnú orthu agus cloí leo ar bhealach nach raibh go dtí seo. Amhail is dá mbeadh sé ag breathnú ar scannán ón taobh istigh ach go raibh ar a chumas anois an scannán a stopadh am ar bith agus breathnú thart.

Ba chuimhin leis Liam agus é féin ag caint faoi chúrsaí airgid. Iad ag rá go gcaithfidís post a fháil chun airgead a shaothrú don turas scoile. Turas eachtraíochta de shaghas éigin. Dreapadóireacht, b'fhéidir? Nó sciáil? Cibé rud a bhí ann bhí nithe ar leith le ceannach roimhe. Bhí sé cinnte faoi sin. Feisteas. Trealamh. Agus go leor eile. Bheadh roinnt mhaith airgid uathu. Airgead nach raibh ar fáil sa bhaile. Mar sin chaithfidís beirt post páirtaimseartha a fháil chun an t-airgead a chur le chéile.

Ba chuimhin le hEoghan an bheirt acu ag siúl isteach i siopaí éagsúla is iad ar thóir oibre. Iad ró-óg. Isteach leo i mbialann. Ró-óg. Iad ag breathnú ar na nuachtáin, ar an Idirlíon. Faic. Ar chlár fógraí na leabharlainne.

Bhíog sé. Sea! B'in é é. Sa leabharlann. Bhí sé cinnte go raibh leid aimsithe aige. Bhí an freagra – nó cuid de – sa leabharlann. Bhí fonn air léim in airde agus rith thart ag béicíl. Bhí faitíos air aon chuid dá chorp a chasadh nó a bhogadh, áfach, ar eagla go gcuirfeadh sé sin isteach ar an sruth cuimhní.

Bhí sé cinnte – céad faoin gcéad cinnte – gur tháinig sé féin agus Liam ar rud éigin sa leabharlann. Post éigin a bhí fógartha ar an gclár fógraí. Ba chuimhin leis uimhir a bhreacadh isteach san fhón póca. Uimhir fón póca a bhí ann. Ba chuimhin leis CV a chur le chéile. Agus litir. An bheirt acu – Liam agus é féin – ar an ríomhaire agus litir á cumadh acu. Caithfidh gur chuir siad isteach ar cibé post a bhí ansin. Dá bhféadfadh sé cuimhneamh anois cén post a bhí ann. Dá bhféadfadh sé dul isteach sa leabharlann anois díreach agus breathnú ar an gclár fógraí.

Rinne sé iarracht an fógra féin a thabhairt chun cuimhne ach níor éirigh leis. Bhí sé in ann an clár fógraí a fheiceáil agus cárta beag crochta air. Rud éigin clóscríofa ar an gcárta agus uimhir theileafóin thíos faoi. 086 … Ach ba chuma cén brú a chuir sé ar a inchinn, ar a chuimhne, ní thiocfadh ach an méid sin.

Bhí a chloigeann ag cur thar maoil le cuimhní éagsúla. Cuid acu soiléir go maith anois. Agus gach ceann níos soiléire ná an ceann a chuaigh roimhe. A mháthair. É ag caint léi faoin turas scoile. Ise ag rá go mbeadh cead aige dul ach go gcaithfeadh sé leath an airgid a íoc. A mháthair agus í ag síniú foirme dó. Rud éigin aisteach ag baint leis an bhfoirm chéanna. Níor theastaigh uaidh siúd go léifeadh sise é. É ag iarraidh a haird a dhíriú ar rud éigin eile.

Cuimhne i ndiaidh cuimhne. Cuid acu ag teacht le
chéile chun pictiúr a dhéanamh. Cuimhní eile nach
raibh iontu ach íomhánna aisteacha nár mhair ina
intinn ach leathshoicind agus gan aon bhaint acu le
rud ar bith eile. Fós.

Bus scoile. Seomra ranga. Guth an mhúinteora.
Doras dearg agus céimeanna suas chuige. É féin agus
Liam ina seasamh ansin. A mhéar ar chlog an dorais.
Doras adhmaid. Bosca litreach práis. Cnagaire mór
práis. An clog ar dheis. Bhí gach gné den doras
chomh soiléir sin ina aigne anois. Dá mbeadh peann
agus páipéar aige d'fhéadfadh sé pictiúr de a
tharraingt. Dá mbeadh peann aige d'fhéadfadh sé na
cuimhní a bhreacadh síos sula scaipfidís arís. Iad mar
a bheadh físeán ina chloigeann faoi láthair. Bhí eagla
ar Eoghan a shúile a oscailt ar eagla go mbrisfí an
rithim, go dtiocfadh deireadh leis an bhfíseán nó go
ndéanfadh sé dearmad ar aon chuid de.

Go hiondúil nuair a thagadh Sinéad isteach le ceapairí don suipéar bhíodh comhrá mór fada acu. Bhíodh an siopa dúnta faoin am sin agus athair Shinéad ag míogarnach os comhair na teilifíse.

Bhí an oiread sin le hinsint ag Eoghan do Shinéad anois. An oiread sin ceisteanna aige le cur uirthi. Ba chuma céard a tharla eatarthu, nó cén chaoi ar scar siad óna chéile chaithfeadh sé labhairt léi.

Bhí sé dorcha taobh amuigh faoin am ar shiúil sí isteach arís. Boladh bácála á leanúint. Boladh a chuir uisce le fiacla Eoghain. An uair seo níor stop sí ag an doras. Las sí an solas agus shiúil sí trasna chuig cúinne Eoghain. Níor bhreathnaigh sí air, áfach. Níor ardaigh sí a ceann. Ní dhearna sí ach an pláta a leagan ar urlár an bhotháin mar aon le lítear eile bainne, bonnóga agus cístí beaga. Ansin chas sí arís i dtreo an dorais.

Lean Eoghan lena shúile í. Sular oscail sí an doras labhair sé go ciúin.

'Le do thoil, a Shinéad. Ná himigh.'

'Caithfidh mé imeacht. Tá brón orm ach ní féidir liom déileáil leis seo.'

Nuair a chas sí a ceann chonaic Eoghan rian na ndeor. Bhí a súile dearg, <u>ata</u>.

'Tabhair seans dom,' ar seisean. 'Seans amháin. Déan iarracht an scéal a mhíniú dom. Níl tuairim agam céard a rinne mé. Níl tuairim agam céard a tharla eadrainn. Ach cibé rud a rinne mé tá brón orm agus nuair atá sé seo ar fad thart déanfaidh mé iarracht é a chúiteamh leat. Le do thoil, tabhair seans amháin dom.'

Rinne Sinéad leamhgháire.

'Thug mé an oiread sin seansanna duit cheana féin. Agus b'in a dúirt tú gach uair. *Seans amháin eile.*'

'Tá sé difriúil an uair seo. Breathnaigh orm. Níl aon

duine eile agam. Mínigh an scéal dom agus ina dhiaidh sin má theastaíonn uait go mbogfaidh mé amach as seo láithreach, déanfaidh mé amhlaidh. Siúlfaidh mé amach an doras sin agus ní chuirfidh mé isteach ná amach ort go deo arís. Rachaidh mé chuig na gardaí más é sin atá uait. Nó má deir tú liom cá bhfuil cónaí orm rachaidh mé chuig mo thuismitheoirí. Déanfaidh mé cibé rud a deir tú. Ach ar dtús, ar a laghad, inis dom cé mé féin.'

Tháinig snag ina ghlór ach lean sé air.

'Nílim ag caint faoi m'ainm. Tá an méid sin agam. Ach cén mhaith dom Eoghan Ó Broin a thabhairt orm féin mura bhfuil a fhios agam cé hé siúd? Céard a itheann sé? Céard a ólann sé? Cé na hábhair scoile a thaitníonn leis? Cé na cláir theilifíse a thaitníonn leis? Céard a rinne mé féin agus tú féin? Céard a tharla eadrainn? Céard a rinne mé féin agus Liam a tharraing an trioblóid seo ar fad air siúd agus ormsa agus cén saghas duine mé go gcreidfeadh daoine go ndearna mise é a dhúnmharú? Cibé rud a rinne mé chun tú a ghortú tá brón orm. An-bhrón. Ach ó d'imigh tú an uair dheireanach táim cráite ag na cuimhní. Fíorchuimhní. Ag an bpointe seo, fiú más fuath leat mé táim ag impí ort cabhrú liom, seans amháin eile a thabhairt dom. Níl aon duine eile agam.'

Ní fhéadfadh Eoghan a thuilleadh a rá. Phléasc sé amach ag caoineadh.

Dhún Sinéad an doras. Shiúil sí ar ais chuige. Tharraing sí chuici an bosca adhmaid agus shuigh sí síos.

'Go raibh maith agat. Go raibh míle maith agat.'

Lig Eoghan tromosna. Rinne sé snagaireacht. Thriomaigh na súile ar chúinne den chuilt.

'Cén cineál cuimhní?' arsa Sinéad. 'Abair leat.'

Thosaigh Eoghan ag lua na gcuimhní éagsúla. Bhí Sinéad an-chiúin. Í ina suí ansin ag éisteacht leis. Nuair a luaigh sé an dioscó agus é féin agus í féin ag siúl lámh ar lámh le chéile thug sé faoi deara go raibh deoir lena súil. Ba é seo an chéad uair a labhair sí.

'Sea. Tá an ceart agat faoin dioscó. Théimis ann uair sa mhí nó mar sin nuair a ligeadh m'athairse agus do mháthairse dúinn dul ann.'

'Agus mo mháthair? Cén chaoi a bhfuil sise?'

'Trína chéile ar fad faoi láthair. Tagann sí isteach sa siopa beagnach gach lá. Tá sí cráite ag na gardaí agus ag iriseoirí – iad ar fad ag súil go mbeidh tú i dteagmháil léi.'

Bhí trua ag Eoghan dá mháthair ach trua cineál aisteach a bhí ann mar nár bhraith sé go raibh aon aithne aige uirthi faoi láthair.

'Ní dúirt tú dada léi?'

Bhain Sinéad searradh as a guaillí.

'Céard a d'fhéadfainn a rá? *Gabh mo leithscéal, a Bhean Uí Bhroin ach tá do mhac i bhfolach sa stóras ar chúl an tsiopa?* Ní dóigh liom go gcuideodh sé sin mórán le rud ar bith!'

'Céard faoi m'athair? Ní cuimhin liom dada faoi siúd fós. Ar chúis éigin airím nach bhfuil sé thart. An bhfuil sé marbh?'

'Níl a fhios agam,' arsa Sinéad. 'Ní cuimhin liomsa é a bheith thart riamh – fiú agus muid an-óg – ach níor chuala mé riamh go bhfuair sé bás. Ní labhraíonn tú faoi – nó níor labhair tú liomsa faoi riamh. Ghlac mé leis i gcónaí gur máthair shingil í do mháthair. Bean uasal í. Máthair iontach. Duine iontach. Briseann sé mo chroí gach uair a fheicim sa siopa í. Bhí a croí briste agatsa sular tharla sé seo in aon chor, ach anois …'

'Tá brón orm,' arsa Eoghan arís.

'Ní haon mhaith é sin a rá liomsa. Abair le do mháthair é! Cibé scéal é, cé na cuimhní eile a bhí agat?'

D'fhan Sinéad leathuair an chloig ag éisteacht le cuimhní Eoghain. Ina dhiaidh sin thosaigh sise ag caint. Mhínigh sí gur turas sciála a bhí beartaithe don rang ach anois de bharr bhás Liam agus gach ar bhain leis go raibh sé curtha ar ceal ar fad.

Mhínigh sí go raibh gach duine ag iarraidh airgead a shaothrú agus a chur i dtaisce don turas. Bhí post aici féin sa siopa lena hathair. Bhí sé níos déine fós ar Eoghan, áfach, mar nach raibh aige ach a mháthair.

D'inis Eoghan di faoin bhfógra ar an gclár fógraí sa leabharlann. Bhí sé cinnte anois gur chuir sé féin agus Liam isteach ar cibé post a bhí fógartha ansin.

'Agus an raibh foirm le síniú don turas? Cead tuismitheora nó a leithéid?'

Dúirt Sinéad nach raibh. Bhí sé sin le bheith déanta díreach roimh an turas. Agus ar ndóigh, anois agus an turas curtha ar ceal ní bheadh aon fhoirmeacha ann.

D'inis Eoghan di faoin gcuimhne a bhí aige ar a mháthair ag síniú foirme dó agus faoin iardhearcadh a bhí aige de féin agus Liam ag caint faoin síniú bréige. Eisean ag ligean air gur vacsaín scoile a bhí ann, Liam ag brionnú síniúchán a mháthar siúd. Ní raibh aon eolas breise ag Sinéad faoi sin.

An lá dar gcionn thug Sinéad cóipleabhar agus peann d'Eoghan go bhféadfadh sé gach uile rud a scríobh síos. Bhí an bheirt acu den tuairim go gcabhródh sé sin leis ord éigin a chur ar na cuimhní agus cuimhní eile a spreagadh.

Bhí an teannas eatarthu maolaithe arís. Iad chomh gafa sin le cuimhní Eoghain nach raibh am acu smaoineamh ar rud ar bith eile.

'An post sin. Tá tuairim agam go bhfuaireamar é. An ndúirt mé rud ar bith leat faoi?'

'B'in ceann de na rudaí a tháinig eadrainn,' a dúirt

Sinéad. 'Post rúnda de chineál éigin a bhí ann. Ní déarfadh ceachtar agaibh rud ar bith le duine ar bith faoi. D'imíodh an bheirt agaibh díreach tar éis na scoile gach Déardaoin. Imithe amach an geata sula mbíodh cótaí bailithe ag an gcuid eile againn. Agus é ina rún mór. Bhí gach duine ar scoil ag caint fúibh.'

An gluaisteán!

Cibé rud a dúirt Sinéad faoi rith amach geata na scoile. Síos an bóthar. An bheirt acu ag breathnú thar a ngualainn lena chinntiú nach raibh aon duine thart. An gluaisteán páirceáilte timpeall an chúinne. Gluaisteán mór dubh. Bhí Eoghan cinnte gur ag dul ag obair a bhí siad agus an bheirt acu ag caint is ag gáire sa suíochán cúil.

Agus airgead. Bhí cuimhne aige ar chlúdach litreach agus nótaí caoga euro ann. Go leor acu. Céard a bhí ar siúl aige chun airgead mar sin a shaothrú?

Mhínigh Sinéad go raibh go leor daoine amhrasach faoi sin.

'Bhíodh an t-uafás airgid agaibh. Sibhse! Beirt nach mbíodh euro agaibh riamh agus ansin go tobann airgead agaibh le haghaidh gach uile shórt. Éadaí nua. Geansaithe cochaill agus lipéid na ndearthóirí is faiseanta orthu. Na bróga reatha is daoire ab fhéidir a fháil. Gan trácht ar na héadaí is an trealamh ar fad don turas sciála. Ach i ndáiríre, ba chuma faoin airgead. Ba é an rud a bhí ag déanamh tinnis do gach duine ná an chaoi a raibh sibh athraithe ó bhonn. Cibé rud a bhí ar siúl agaibh sa diabhal post sin d'athraigh sibh beirt.'

'D'athraíomar. Cén chaoi?'

'Athrú pearsantachta. D'éirigh an bheirt agaibh ciúin, cantalach.'

Thosaigh Sinéad ag caint ansin faoi dhuine nár aithin Eoghan in aon chor. Duine a bhí tugtha don ghruaim. Duine a bhíodh taghdach nuair a chuireadh aon duine isteach air. Dúirt sí go raibh Liam mar an gcéanna. Ní labhraídís le duine ar bith eile i gclós na scoile a thuilleadh ach iad ina seasamh leo féin. Iad ag caint is ag cogarnach eatarthu féin.

'Agus ní bhímis mar sin roimhe sin?'

'Ní bhíodh. Athrú iomlán pearsantachta. Bhíodh an-chraic go deo ag baint libh roimhe sin.'

Agus Sinéad ag caint bhí cuimhne éigin ag teacht ar ais chuig Eoghan. Tinneas cinn. É ina sheasamh i gclós na scoile. A chloigeann trom, ceomhar. Fadhbanna aige le radharc na súl. Gach rud le feiceáil faoi dhó. Amharc dúbailte aige. An ceo sin ina chloigeann díreach mar a bhí nuair a dhúisigh sé sa bhothán coille. Mhínigh sé do Shinéad é.

'Más buan mo chuimhne bhí an fhadhb chéanna ag Liam.'

'Drugaí!' arsa Sinéad. 'Bhí gach duine ar scoil cinnte go raibh sibh ag glacadh drugaí agus gurb é sin ba chúis leis an ngruaim is leis an gcantal. Leis an athrú pearsantachta. Agus …'

'Agus céard?'

Labhair Sinéad go cúramach, stadach.

'Agus mar bharr ar an donas, shíl go leor daoine go raibh drugaí á ndíol agaibh. An t-airgead sin. Cá háit eile a bhfaigheadh sibh an cineál sin airgid?'

Ní fhéadfadh Eoghan é sin a chreidiúint. Eisean ag díol drugaí!

'Breathnaigh ar do lámh,' arsa Sinéad. 'Ar do chuid féitheacha.'

Bhreathnaigh sé. Spotaí beaga dúghorma anseo is ansiúd go háirithe ar uachtar a láimhe clé. Go dtí anois bhí sé ag glacadh leis gur bhain gach paiste dúghorm leis an ionsaí a bhí déanta air. Ba léir anois, áfach, go raibh scéal eile taobh thiar de chuid acu ar a laghad.

Bhí ciall leis an méid a bhí á rá ag Sinéad. Rianta snáthaide. An fiabhras. An t-airgead. An méid a bhí le rá ag an mbeirt sa choill faoi andúiligh agus ródháileog drugaí. Cinnte bhí ciall leis. Fós féin, áfach, ar chúis éigin bhí tuairim ag Eoghan go raibh mír mearaí amháin fós ar iarraidh.

Bhain sé leis an bhfógra sa leabharlann. Bhain sé leis na steallairí. Bhain sé leis an ospidéal sin.

Bhí na cuimhní ní ba shoiléire fós an oíche sin. Agus é ina shuí sa dorchadas agus an chuilt thart timpeall air, d'airigh sé go raibh sé ag breathnú ar radhairc eile fós i scannán saoil. Radhairc ghearra. Míreanna gearra as saol a bhain leis ach nár bhain. É ag breathnú air féin ón taobh amuigh. Air féin agus ar Liam. Iad ag imirt peile. Iad ag gáire agus ag pleidhcíocht i gclós na scoile. Iad sa seomra ranga agus an phleidhcíocht chéanna fós ar siúl. Eisean ag scríobh nóta chuig Liam. An meall beag páipéir ag seoladh tríd an aer. Liam buailte ar an gcluas chlé. É ag breathnú ar Eoghan. É ag gáire. Súil á caochadh aige is an nóta á oscailt. Iad i dteach éigin. Seomra codlata. Iad ag imirt ar an *Playstation.* Iad san iomaíocht lena chéile i gcluiche rásaíochta.

Iad ina seasamh ag doras dúnta. An doras dearg céanna. Na céimeanna céanna suas chuige. Cúig cinn. Ní raibh siad ag gáire an uair seo. Bean in éineacht leo. Bean an chóta bháin. Eochair aici. Eoghan ag breathnú ar a lámh. Ar an eochair. A dhá shúil á leanúint go géar is an eochair á cur isteach i bpoll na heochrach. Á casadh. Creathán i lámh Eoghain agus an doras á oscailt. A chos ag dul thar tairseach isteach. Ansin faic. An folús céanna.

Mar a bheadh balla mór tógtha os a chomhair amach ag an bpointe sin. Dá bhféadfadh sé fanacht leis an gcuimhne sin nóiméad amháin eile bhí sé cinnte go mbeadh cuid den fhreagra aige. Cibé rud a bhí taobh thiar den doras sin bhí baint aige le gach ar tharla ina dhiaidh sin.

Ní ba dhéanaí san oíche dhúisigh sé as brionglóid ina raibh sé díreach san áit chéanna. A chos ag dul thar tairseach nuair a dhúisigh sé.

Las sé an tóirse agus tharraing chuige an peann agus an cóipleabhar. Bhreathnaigh sé ar phictiúr a bhí déanta aige den doras. Níorbh aon ealaíontóir é ach mar sin féin b'in é an doras. Cé mhéad uair a shiúil sé tríd an doras sin? Agus cén fáth?

'B'fhéidir go gcuideoidh sé seo.'

Bhí blúire beag páipéir ina lámh ag Sinéad.

'Thug mé cuairt ar an leabharlann. Bhí sé seo ar an gclár fógraí. Ba é seo an t-aon fhógra nach raibh air ach uimhir fón póca.'

Bhreathnaigh Eoghan ar an bpíosa páipéir.

An bhfuil airgead breise uait? Obair pháirtaimseartha a bheadh oiriúnach do mhic léinn tríú leibhéal.

'Sin é é. Sin é an ceann. Caithfidh mé glaoch air go bhfaighidh mé amach cé hiad. An bhfuil fón póca agatsa a d'fhéadfainn a úsáid?'

'Ghlaoigh mise air cheana féin,' arsa Sinéad. 'Clinic atá ann. Clinic TDN. Ní raibh ann ach gléas freagartha. Níor fhág mé teachtaireacht! Bhris mé an líne láithreach.'

'Clinic?' arsa Eoghan.

Chaith sé siar an chuilt agus sheas sé suas. Thosaigh sé ag siúl. Síos suas. Síos suas. Thart timpeall ar bhoscaí agus pacáistí.

Clinic. TDN. TDN. Trialacha rud éigin. Ní hea ach tástálacha. Tástálacha. Sea. B'in é an T. Ach cén sórt tástálacha? Tástálacha DN. Tástálacha cén rud? An doras dearg. B'in é an clinic. Bhí sé cinnte. É féin agus Liam ag dul ann sa ghluaisteán gach Déardaoin. Tástálacha. Tástálacha. Tástálacha. Foirmeacha le líonadh isteach acu. Gach uair a chuaigh siad isteach. Foirmeacha. Foirmeacha. Trí, ceithre leathanach iontu. An-chuid ceisteanna.

'Sin é é,' arsa Eoghan. Chas sé thart chomh tobann

sin gur leag sé carn boscaí. Ba chuma leis. Bhuail sé an t-aer lena dhorn deas.

'Clinic TDN. Tástálacha Drugaí rud éigin. Sin é.'

Thosaigh sé ag siúl thart mar a bheadh <u>fear mire</u>.

'Tóg go bog é,' arsa Sinéad. Bhí faitíos uirthi siúd go gcloisfeadh a hathair é. Níor thug Eoghan aon aird uirthi, áfach.

'Sin í an mhír mearaí a bhí uaim. B'in an post a fuaireamar. Post sa chlinic. Bhí tástálacha drugaí ar siúl ann.'

An ghruaim. An cantal. An t-athrú pearsantachta. Bhí tuairim ag Sinéad gur thuig sí anois.

'Bhí siad ag tástáil drugaí oraibhse? Ach nach gcaithfidh tú a bheith os cionn a hocht déag?'

'Caithfidh. Mic léinn tríú leibhéal a bhí uathu. Ach …'

Bhí Eoghan fós ag siúl suas síos. Sinéad á leanúint

agus í ag iarraidh é a choinneáil ciúin. Gan aon aird á thabhairt aige uirthi, áfach. É sáite sna cuimhní.

'Sin é an fáth a raibh síniú uainn. Bhí orainn cead tuismitheora a fháil. Bhí a fhios againn beirt nach ligfeadh mo mháthair ná tuismitheoirí Liam dúinn é a dhéanamh. Shínigh Liam a fhoirm féin agus d'inis mise bréag do mo Mham faoi.'

'Ach fós caithfidh go raibh an rud ar fad in aghaidh an dlí. Drugaí á dtabhairt do bheirt déagóirí?'

'Cinnte bhí sé in aghaidh an dlí,' arsa Eoghan. 'Glan in aghaidh an dlí. Níl aon cheist faoi.'

Thuig sé anois. Shuigh sé síos arís agus dhún sé a shúile. Bhí an eochair aimsithe aige faoi dheireadh. Bhí a fhios aige go mbeadh sé in ann doras a chuimhne a oscailt i gceart. Bheadh sé in ann an pictiúr ar fad a chur le chéile ar deireadh.

É féin agus Liam ag lorg airgid don turas scoile. An fógra sa leabharlann. Iad ag glaoch ar an uimhir. Ag cur CV le chéile. Dáta breithe fágtha ar lár d'aon ghnó. Gluaisteán dubh á mbailiú díreach ag an gcomhartha bóthair chun iad a thabhairt le haghaidh agallaimh. An doras dearg agus na céimeanna. Ceist faoin aois a bhí acu. An bheirt acu ag breathnú ar a chéile. Níorbh fhiú bréag a insint. Bhí sé iomlán soiléir go raibh siad faoi bhun a hocht déag. Cúpla bliain faoina bhun!

Iad fágtha leo féin agus argóint ar siúl sa chéad seomra eile. Blúirí den chomhrá le cloisteáil tríd an mballa.

Nach do dhaoine óga an druga seo? B'fhearr i bhfad é a thástáil ar an mbeirt seo. Bheidís níos giorra don aoisghrúpa ar a bhfuil sé dírithe.

Níl a fhios agam. Bheadh sé i bhfad níos fearr, cinnte. Ach cén aois a bheadh ag an mbeirt sin? Cúig bliana déag? Sé bliana déag ar a mhéid! Bheadh orainn cead a fháil óna dtuismitheoirí. Agus cén tuismitheoir a thabharfadh cead dá pháiste drugaí a ghlacadh?

Chuala siad an bhean ag gáire.

Tuismitheoir ar bith! Ach caithfimid muid féin a chlúdach. Tabharfaimid na foirmeacha dóibh agus pléifimid ansin é!

Ba ansin a tháinig na foirmeacha. Foirmeacha le tabhairt abhaile le síniú a fháil.

Agus iad á dtabhairt ar ais. An bheirt sa chlinic ag breathnú ar na síniúcháin. Ag breathnú ar a chéile. Iad sa seomra eile arís. Agus arís, blúirí den chomhrá le cloisteáil tríd an mballa.

Duine fásta a rinne an ceann sin déarfainn ach bheinn amhrasach faoin gceann eile.

Bhreathnaigh na buachaillí ar a chéile. Iad ar bís chun a fháil amach céard a déarfadh an bhean. An mbeidís curtha ó dhoras? Chuir an freagra ionadh orthu.

Coinnigh do bhéal dúnta agus ná habair dada. Chomh fada is a bhaineann sé linne tá an dá fhoirm sínithe ag 'tuismitheoirí'. Táimidne clúdaithe. Bhfuil 'fhios agat – an ceann atá ag déanamh imní domsa ná an síniú eile. An fíorcheann. B'fhearr liom nach mbeadh a fhios ag aon tuismitheoir céard atá ar siúl againn anseo.

Bhris Sinéad isteach ar chuimhní Eoghain.

'Cén saghas drugaí a bhí i gceist? Cén saghas tástálacha?'

'Druga nua le haghaidh <u>hipirghníomhaíochta</u>. Do pháistí atá hipirghníomhach. Sin an fáth go raibh siad chomh sásta sin daoine óga a bheith acu. Thuig siad go maith nach raibh cead tuismitheora againn. Bhíodh orainn na foirmeacha seo a líonadh amach gach seachtain faoi thionchar na ndrugaí i rith na seachtaine sin, faoin gcaoi ar bhraitheamar i rith na seachtaine agus rudaí den chineál sin. Agus gach uile sheachtain bhíodh orainn foirm eile a shíniú ag geallúint go gcoinneoimis gach rud faoi rún. Chuiridís ceisteanna orainn faoi sin freisin. An raibh a fhios ag aon duine? Ar labhraíomar le duine ar bith? Agus an rúndiamhracht ar fad maidir le sinn a bhailiú gach Déardaoin tar éis na scoile. A luaithe is a léimimis isteach sa charr thosaíodh na ceisteanna. *An bhfaca aon duine sibh? An ndúirt sibh le duine ar bith cá raibh sibh ag dul? Ar labhair sibh le duine ar bith faoi seo?* Na ceisteanna céanna seachtain i ndiaidh seachtaine. Níl aon amhras orm. Thuig siad go maith go raibh an rud ar fad in aghaidh an dlí.'

Ní raibh aon deacracht ag Eoghan lena chuimhne anois. Amhail is dá mbeadh cuirtín tarraingthe siar agus é in ann gach uile shórt a fheiceáil. É féin agus Liam ag dul isteach sa chlinic agus bean an chóta bháin ag casadh na heochrach sa doras.

An bheirt acu neirbhíseach agus iad ina seasamh ag an doras. Iad á dtabhairt isteach i seomra mór. <u>Barda</u>

de chineál éigin agus ceithre nó cúig leaba ann. Gan aon duine eile ann, áfach, seachas an bheirt acu. É féin agus Liam. Má bhí aon duine eile sa bharda sin leo ní raibh aon chuimhne ag Eoghan air.

Iad ina luí ar na leapacha. Ag caint is ag gáire beagán. An bhean ag teacht isteach chucu. Úna – b'in an t-ainm a bhí uirthi. Níor luaigh sí a sloinne riamh leo – nó má luaigh, bhí sé dearmadta aige. Bhí sé ionann is cinnte nár thug sí dóibh é. Steiteascóp aici agus í ag éisteacht le croí na beirte acu. Ise a bhí i gceannas. Dochtúir b'fhéidir? Nó eolaí de shaghas éigin? An fear mar chúntóir aici. Eisean a rinne tástáil ar bhrú fola. Eisean a ghlac fuil uathu. Altra nó dochtúir sóisearach, b'fhéidir.

Aici siúd a bhí an steallaire an chéad lá. An lá sin ach go háirithe, bhí fonn ar Eoghan a aigne a athrú agus bailiú leis as an áit ach gur chuimhnigh sé ar an gcarn airgid a bheadh aige dá bhfanfadh sé. Dúirt Liam níos déanaí gur airigh seisean díreach mar an gcéanna.

Níor airigh ceachtar acu aon ní i ndiaidh an chéad seisiúin. Beagáinín beag tuirseach, b'in an méid. Tar éis an dara seisiún d'airigh Eoghan an-tuirseach go deo, áfach. Agus spadánta. Gan fuinneamh aige le haghaidh rud ar bith. Liam mar an gcéanna. An bheirt acu sa chúinne i gclós na scoile agus iad ag cogarnach faoi. Gan aon spéis acu sa chluiche peile a bhí ar siúl ag an gcuid eile den rang. Gan aon spéis acu páirt a ghlacadh in aon chluichí.

Bhí leathchuimhne aige ar Shinéad ag fiafraí de cad a bhí air. Iad ag argóint. Ise ag imeacht uaidh. Cuimhne eile aige air féin agus Liam sa chlós arís. Iad ag caint faoin airgead. Dhá sheisiún eile agus bheadh a ndóthain acu don turas.

Bhí an chéad seisiún eile ní ba mheasa fós, áfach. An fear a bhí i mbun an steallaire an lá sin. Fear an chóta bháin. Labhair siad leis faoin tuirse. Faoin easpa fuinnimh. Ghlac sé nóta agus dúirt leo gan a bheith buartha. Ní dhearna sé ach an steallaire a tharraingt chuige agus iad a chur ina luí.

Phléifidís arís é an tseachtain dar gcionn.

Thosaigh na fadhbanna le radharc na súl an oíche sin. Bhí tinneas cinn uafásach ar Eoghan. Tinneas cinn a mhair cúpla lá.

Rinne fear an chóta bháin gach rud a scríobh síos arís an tseachtain dar gcionn. Cé mhéad laethanta a mhair an tinneas cinn? Cé mhéad laethanta a mhair na fadhbanna le radharc na súl? Ansin an steallaire arís.

Bhí cuimhní Eoghain measctha suas beagáinín ina dhiaidh sin.

Ba chuimhin leis é féin agus Sinéad anseo sa stóras. Iad ina suí ar bhoscaí agus brioscaí á n-ithe acu. Ise á chrá le ceisteanna. Cá mbídís ag imeacht gach Déardaoin? Cén fáth a raibh sé chomh cantalach sin? Cén fáth a mbíodh sé cantalach léi siúd gach uile lá? Agus le gach duine ar scoil? An raibh drugaí á nglacadh aige? Iad ag argóint. Eisean ag rá léi a srón a choinneáil ina gnó féin. Ise ag caoineadh. Eisean ag siúl amach doras an stórais.

É féin agus Liam sa chlinic arís. Agus arís. Laethanta go maith. Laethanta eile go dona. Na fadhbanna le radharc na súl ag dul in olcas. Tinneas cinn an t-am ar fad. Ceo éigin taobh thiar de na súile.

Ar cheart dóibh éirí as na trialacha ag an bpointe seo? Bhí conradh sínithe acu. Dá mbrisfidís an conradh sin an mbeadh orthu an t-airgead a thabhairt ar ais? Bhí an t-airgead ar fad acu don turas faoin am seo. Agus carn maith fágtha. Bheadh spraoi acu leis. Spraoi mór siopadóireachta don turas. An bheirt acu ag dul isteach i siopa mór agus éadaí sciála á gceannach acu. Iad ag gáire faoi na buataisí móra agus faoin gcaoi nach raibh siad in ann siúl iontu.

Ansin Liam ag titim. É ag cur an mhilleáin ar na buataisí ach bhí tuairim ag Eoghan gur ar na súile a bhí an locht. Ar an amharc dúbailte.

Iad á phlé. Dhéanfaidís seisiún amháin eile. Labhróidís le hÚna ansin. Bhí siad cinnte go raibh sise níos sinsearaí ná a comhghleacaí.

An tseachtain dar gcionn, áfach, bhí siad beirt

róthuirseach le rud ar bith a phlé. Dhéanfaidís é tar éis an tseisiúin.

A luaithe is a bhuail a chorp an leaba bhí Eoghan ina chodladh. Ní raibh tuairim aige cá fhad a chodail sé ach ba chuimhin leis guthanna á mhúscailt. Duine éigin ag béicíl. Cuirtín á tharraingt timpeall air. Cogar mogar éigin ar an taobh eile den chuirtín. Béicíl. Liam a bhí ag béicíl. Bhí cabhair uaidh. Chaithfeadh sé dul chuige. Chaithfeadh sé cabhrú leis. É ag iarraidh éirí. Duine á bhrú siar. Duine á cheangal. Fear an chóta bháin. Daoine ag rith. Ag béicíl. Eisean ag iarraidh troid in aghaidh cibé rud a bhí á cheangal. Daoine ag deifriú thart. Rud éigin a bhain le Liam. Bhí a fhios aige. Ní ligfidís dó dul chuige. Fuadar faoi gach duine. Na cosa le cloisteáil. Guthanna. *Táimid á chailliúint.* Scaoll. Fear an chóta bháin ar ais agus steallaire aige. Ansin dubh. Gach rud dubh. Dubh dorcha. Folús. Go dtí gur dhúisigh sé sa bhothán coille.

'Caithfidh gur thug siad ródháileog den druga dó.'

'Caithfidh gur thug.'

'Agus gur sháigh siad a chorp le scian níos déanaí ionas go gceapfaí gur dúnmharú a bhí ann.'

'Caithfidh gur sháigh.'

'Agus gur thug siad rud éigin duitse le nach mbeadh cuimhne agat ar an eachtra.'

'Caithfidh gur thug.'

'Agus go ndearna siad tusa a ghortú go mbeadh an chuma ort go raibh troid de shaghas éigin eadraibh.'

Chuir Eoghan a lámh lena bhaithis. Bhí an chréacht sin beagnach cneasaithe anois. Ar éigean a bhí sé in ann labhairt, áfach. É spíonta tar éis an turais siar tríd na cuimhní trámacha. A intinn ag rásaíocht. Bhí an ceart ag Sinéad.

Céard a bhí ráite ag an mbeirt sa choill? Rud éigin lena chuimhne siúd a ghlanadh ach go bhfuair siad amach nach raibh ann ach réiteach gearrthéarmach. B'in an fáth ar tháinig siad ar ais chun an jab a chríochnú.

Bhí an scéal ar fad aige anois. Nó an chuid ba mhó de ar a laghad. Céard a dhéanfadh sé leis, áfach? An bhféadfadh sé dul chuig na gardaí? An gcreidfidís é? Cén cruthú a bhí aige? An mbeadh aon rian den druga fós ina chóras féin? An mbeadh aon chruthú le fáil sa chlinic sin.

An clinic? Bhí a fhios aige anois cá raibh sé sin. Siar an bóthar deich gciliméadar nó mar sin ar imeall an bhaile mhóir. D'fhéadfadh sé na gardaí a thabhairt ann. Nó an mbeadh an áit glanta ar fad. Steirilithe. Gan rian de féin ná de Liam le fáil áit ar bith. Dochtúirí a bhí iontu. Nó rud éigin cosúil le dochtúirí. Cógaiseoirí nó poitigéirí nó eolaithe de chineál éigin a raibh tuiscint acu ar na nithe sin. Ní fhágfaidís siúd aon fhianaise thart.

Chaithfeadh sé teacht ar phlean.

Ní raibh aon seans aige teacht ar phlean, áfach. Bhí sé déanach go leor faoin am ar tháinig Sinéad amach chuig an mbothán an mhaidin dar gcionn. Bhí seaicéad uirthi a bhí i bhfad rómhór di agus ba léir ach breathnú uirthi go raibh cor nua sa scéal. Bhí an bara rotha aici freisin ach gan aon bhia aici an uair seo. Gearranáil uirthi nuair a thosaigh sí ag caint.

'Caithfidh tú maireachtáil ar phaicéid ón stóras. Róchontúirteach aon rud a thabhairt amach chugat inniu. An siopa istigh ag cur thar maoil le hiriseoirí agus le strainséirí. Scór gardaí, ar a laghad, amuigh ar an mbóthar. Dá bhfeicfí le bia mé bheadh deireadh leat.'

Agus í ag caint bhí Sinéad ag rith thart ag cur paicéad éagsúla isteach sa bhara rotha.

'Tá cuardach mór ar siúl arís. Tá baint éigin aige seo leis an tuairisc ón <u>scrúdú iarbháis</u>. Ní raibh deis agam é a léamh fós ach …'

D'oscail sí an seaicéad agus bhí an nuachtán fillte istigh faoi. Chuir sí a lámh ina póca agus tharraing amach dhá nóta fiche euro. Ansin bhain sí di an seaicéad, shín sí chuig Eoghan é mar aon leis an nuachtán agus an airgead.

'Cuir ort é seo. Is le m'athair é ach ní aireoidh sé uaidh é. Ní chaitheann sé go rómhinic é. Beidh sé rómhór duit ach má choinníonn tú do cheann fút agus an cochall in airde ní fheicfidh aon duine d'aghaidh.'

Ní raibh focal as Eoghan. É ina sheasamh ansin ina staic agus a bhéal ar leathadh. Cuardach! Gardaí taobh amuigh. Iriseoirí sa siopa. Cén seans a bheadh aige?

Bhí Sinéad fós ag caint.

'Cuir an nuachtán isteach i do phóca. Gheobhaidh tú seans é a léamh ar ball. Agus sin an méid airgid atá agam. Thabharfadh m'athair faoi deara é dá dtógfainn aon rud as scipéad an tsiopa. Ní fhéadfainn dul sa seans. Agus seo. Coinnigh é seo chomh maith.'

Shín sí fón póca chuige.

'Seo seanfhón a bhíodh agamsa. Tá cárta SIM nua ann agus deich euro creidmheasa. Tá m'uimhir curtha isteach ann freisin ach ná cuir glaoch orm ach i gcás práinne – ar eagla go gcloisfeadh aon duine mé ag caint leat. Bheadh téacs níos fearr.'

Bhí Eoghan mar a bheadh róbó.

'Brostaigh ort,' arsa Sinéad. 'Corraigh tú féin. Éireoidh daoine amhrasach má bhímse anseo rófhada.'

Chuir Eoghan an seaicéad air. Tharraing sé aníos an cochall.

'Díreach é,' arsa Sinéad. 'Má choinníonn tú do

cheann fút déanfaidh sé d'aghaidh a cheilt beagáinín.'

É fós ina róbó, líon Eoghan na pócaí. An nuachtán sa phóca istigh, an t-airgead agus an fón póca sna pócaí amuigh. Bhí sé croite go maith faoin scéal ar fad ach fós níor thuig sé cad a bhí le déanamh aige.

'Nach dtuigeann tú?' arsa Sinéad agus deor lena súil. 'Beidh ort imeacht as seo. Cibé cuardach atá ar siúl ní bheidh tú sábháilte anseo a thuilleadh.'

Chuir sí a lámh isteach i bpóca a bríste agus tharraing amach mála bog snámha.

'Seo an t-aon mhála a d'fhéadfainn a fháil. Dá dtabharfainn ceann mór amach bhí eagla orm go bhfeicfeadh duine éigin mé.'

Thosaigh sí ag siúl suas síos an stóras. Í ag stróiceadh páipéir is ag tarraingt paicéad beag amach as pacáistí móra. Boiscíní sú úll. Gránaigh. Ilphacáistí. Bhain sí an plaisteach de dhá cheann acu. Stróic sí na boscaí agus chaith na málaí beaga isteach sa mhála snámha.

'Rachaidh níos mó isteach gan na boscaí. Cá bhfios cá fhad sula bhfaigheann tú bia ceart arís.'

Lean sí uirthi. Brioscaí cruithneachta. Dhá phaicéad.

Faoin am seo bhí an mála beag ag cur thar maoil. Thóg sí dhá phaicéad eile brioscaí as an bpacáiste agus shín chuige iad.

'Seo. Sáigh iad seo isteach i do phócaí.'

Bhí Eoghan ina sheasamh i lár an stórais. É ag breathnú ar Shinéad is í ag deifriú thart. É trína chéile ar fad. Cá rachadh sé? Agus céard faoi Shinéad? Chaithfeadh sise plean a bheith aici siúd. Plean. Scéal. Céard a bheadh i ndán di dá bhfaighfí amach go raibh sí tar éis tearmann a thabhairt do dhuine a bhí ar a theitheadh ó na gardaí? Agus gheobhaidís amach é. D'fheicfí an chuilt. Dá dtiocfadh duine ar bith isteach anseo bheadh a fhios aige láithreach go raibh duine ag maireachtáil ann. Gan trácht ar lucht fóiréinsice. Bheadh siadsan in ann a chruthú gurbh eisean a bhí ann. Cá bhfios cé mhéad ribe gruaige dá chuid a bhí fágtha ar an urlár?

Bhreathnaigh sé ar an gcuilt. Chaithfeadh sé fáil réidh leis sin ar dtús. Lean Sinéad a shúile.

'Cuirfimid i bhfolach í. Ná bí buartha. Déanfaidh mise scéal éigin a chumadh má aimsíonn siad é. An príomhrud ná go n-éalaíonn tusa.'

'Ach cén chaoi? Nach bhfuil gardaí thart faoi láthair?'

'Tá. Ní féidir leat dul amach fós. Níl tuairim agam cá dtosóidh an cuardach. Cuirfidh mise téacs chugat a luaithe is a cheapaim go bhfuil sé sábháilte. Ansin beidh ortsa an deis a thapú. Ní chuirfidh mé an bolta ar dhoras an stórais ach déan tusa é nuair a bhíonn tú ag imeacht.'

Bhí mearbhall ar Eoghan. Cuma chaillte air.

'Ach cá rachaidh mé?'

Bhí Sinéad den tuairim gur chóir dó dul ar ais i dtreo na coille. Dá rachadh sé amach an geata cúil bheadh sé in ann dul ar chlé agus trasna na páirce. Thabharfadh sé sin i dtreo na coille é gan dul ar an mbóthar in aon chor.

'Ach céard faoi mhuintir an chlinic? B'fhéidir go bhfuil siad fós sa choill. Ag fanacht orm.'

'Ach ní gá duit dul chomh fada leis an mbothán. Is féidir leat fanacht áit éigin ar imeall na coille. A luaithe is a bhíonn an cuardach thart anseo beidh tú in ann filleadh ar an stóras arís. B'fhéidir nach mbeidh ann ach cúpla uair an chloig.'

Bhí Eoghan amhrasach ach san am céanna cén rogha eile a bhí aige? Ní fhéadfadh sé fanacht anseo. Ní fhéadfadh sé dul abhaile. An t-aon rogha eile a bhí aige ná imeacht ar fad as an gceantar. Ní raibh sé ag iarraidh é sin a dhéanamh. Chaithfeadh sé dul sa seans agus aghaidh a thabhairt ar an gcoill.

Agus an cinneadh sin déanta, dhírigh an bheirt acu a n-aird ar an gcuilt. Ag Sinéad a bhí an plean. Idir an bheirt acu, thóg siad gach paicéad as ceann de na boscaí móra. D'fhill siad an chuilt isteach i mbun an bhosca. Chaith siad cúpla paicéad anuas uirthi le í a cheilt. Ansin chaith siad na paicéid a bhí fágtha isteach sa bhara rotha. Bhreathnaigh Eoghan orthu.

'Dosaen paicéad púdar níocháin! Níor cheap mé go raibh éileamh chomh mór sin ar phúdar níocháin!'

Thosaigh Sinéad ag gáire. Na deora ag sileadh óna dhá shúil ag an am céanna.

Go tobann chuir sí a dhá lámh timpeall ar mhuineál Eoghain agus rug barróg mhór air.

'Grá mór. Tabhair aire duit féin. Cuirfidh mé téacs chugat.'

Leis sin rug sí ar hanlaí an bhara rotha agus thug aghaidh ar an doras.

Agus í imithe thosaigh Eoghan ag smaoineamh. Céard a dhéanfadh sé dá mbeadh air an oíche a chaitheamh sa choill? Nó cúpla oíche, b'fhéidir? An gcaillfí amuigh é le fuacht?

An raibh seans ar bith go mbeadh an bothán folamh? Ar cheart dó dul agus é a sheiceáil? Ar cheart dó breathnú an raibh an scian fós ann? Dá mbeadh an bothán folamh agus an scian fós ann, d'fhéadfadh sé fáil réidh léi. Í a chur i bhfolach sa choill. Í a chaitheamh isteach i sceach nó poll a thochailt. An mbeadh méarlorg duine eile ar an hanla freisin? Cinnte bheadh an hanla glanta ag muintir an chlinic. Dá rachadh sé chomh fada leis an mbothán, ar a laghad, d'fhéadfadh sé a mhéarlorg féin a ghlanadh den hanla.

Dá bhféadfadh sé dul chomh fada leis an gclinic. Ní raibh tuairim aige cad a bhí á lorg aige ach chaithfeadh go dtiocfadh sé ar rud éigin a chabhródh leis. Ar cheart dó dul ansin ar dtús?

Shiúil sé suas síos sa stóras agus é ag machnamh ar na ceisteanna seo ar fad. D'ith sé roinnt brioscaí. Bhreathnaigh sé thart chun a chinntiú go raibh an stóras glan. Phioc sé suas cúpla bosca folamh on urlár agus sháigh sé isteach i gceann de na boscaí móra iad. Tharraing sé chuige an fón póca agus bhreathnaigh air. Bhí sé tamall ó bhain sé úsáid as fón póca. Thosaigh sé ag smaoineamh ar a mham. 085-3246531. Tháinig a huimhir chuige gan stró. Ba bhreá leis glaoch a chur uirthi agus a rá léi go raibh sé ceart go leor. Go raibh sé slán sábháilte. Nár mharaigh sé Liam. Go mbeadh gach rud ceart go leor.

Ach an mbeadh? Cá fhad sula dtiocfadh sé ar réiteach? Ar bhlúire fianaise a chruthódh go raibh sé neamhchiontach? An dtiocfadh sé ar a leithéid go deo? Nó arbh é go mbeadh sé caite isteach i bpríosún an chuid eile dá shaol? Nach raibh príosún ar leith acu do dhaoine óga?

Chuir Eoghan an fón ar ais ina phóca. Bheadh sé i bhfad róchontúirteach glaoch ar a mham. Chaithfeadh sé a aigne a dhíriú ar rud éigin eile. Shiúil sé suas síos arís.

Thóg sé cúpla boiscín sú úll as paicéad mór. D'ól sé ceann acu agus chuir an ceann eile isteach i gceann de na pócaí. Bhí an dá phóca ag cur thar maoil faoin am seo. Bhreathnaigh sé thart arís. D'fhill sé na málaí sa chúinne ionas nach mbeadh an chuma ar an áit go raibh duine tar éis a bheith ina chodladh ansin. An tóirse. Thit sé as ceann de na málaí. Bheadh sé sin áisiúil dá mbeadh air an oíche a chaitheamh sa choill. Cá gcuirfeadh sé é? Sa phóca ina raibh an nuachtán. B'in an t-aon phóca a raibh aon spás ann.

Suas agus anuas idir na pacáistí. Isteach sa leithreas beag. Ar ais go dtí an cúinne a raibh an oiread sin oícheanta caite aige ann? Sé oíche? Seacht gcinn? Ní raibh sé cinnte. Seachtain b'fhéidir. Bhreathnaigh sé arís ar an bhfón póca.

Nuair a tháinig an téacs faoi dheireadh baineadh preab as. Bhí na blípeanna an-ard. D'fhan sé cúpla soicind sular oscail sé é. É ag breathnú ar an doras ar eagla go raibh na blípeanna cloiste ag aon duine taobh amuigh. Níor tháinig éinne. D'oscail sé an téacs agus léigh.

'Grdaí imthe. R ais r ball. Cuardch sa tsráidbhle. Tabhr aire.'

Sheas sé ag an doras. Bhí leisce air é a oscailt. Leisce agus eagla. Eagla air roimh cibé rud a bhí roimhe. Leisce air imeacht ón tearmann seo. Ó Shinéad. Thug sé sracfhéachaint amháin thar a ghualainn. Ansin, an mála snámha ar a dhroim aige, d'oscail sé an doras go mall, cúramach. Chuir solas an lae dallachar air. Bhreathnaigh sé thart go faiteach. Ní raibh duine ná deoraí thart. Chuir sé a chos thar an tairseach. Bhí sé aisteach a bheith amuigh faoin aer arís. Aisteach solas an lae a fheiceáil. Aisteach aer úr a shú isteach.

Dhún sé an doras go ciúin ina dhiaidh agus tharraing an bolta. Cé mhéad uair a chuala sé an bolta sin agus Sinéad ag teacht is ag imeacht? D'aireodh sé uaidh í.

Chuala sé cnagadh beag os a chionn. D'fhéach sé in airde. Bhí Sinéad san fhuinneog thuas staighre. A lámh in airde aici. D'ardaigh sé a lámh féin chun slán a fhágáil léi.

Má bhí cuardach ar siúl sa sráidbhaile níorbh fhada go dtiocfaidís chomh fada leis an stóras. Bhí sé glanta suas go maith aige. Mura gcuardóidís an pacáiste mór ina raibh an chuilt curtha i bhfolach acu ní bheadh dada le feiceáil.

Bhreathnaigh sé uair amháin eile i dtreo fhuinneog Shinéad agus d'ardaigh a lámh arís. Ansin d'oscail sé an geata cúil agus amach leis.

Ar chlé. Cochall a sheaicéid tarraingthe aníos aige agus a cheann faoi lena aghaidh a cheilt. Ní raibh aon ghá leis. Ní raibh oiread is caora sa pháirc gan trácht ar dhaoine. Caithfidh go raibh gach duine istigh i lár an bhaile. Iad ag cuidiú leis na gardaí nó ag breathnú orthu, b'fhéidir.

Agus an bheirt ón gclinic. Cá raibh siad siúd?

Níorbh fhada gur shroich Eoghan imeall na coille. Thar bhalla beag cloiche agus siúd arís é i measc na gcrann. Stop sé. Ar cheart dó fanacht anseo agus cromadh síos in aice an bhalla? Ní raibh sé fuar. D'fhéadfadh sé an oíche a chaitheamh anseo dá mba ghá. Nó ar cheart dó leanúint ar aghaidh i dtreo an chosáin bhig? I dtreo an bhotháin? I dtreo na scine? I dtreo eolais éigin. Fianaise éigin nach bhfaca sé cheana. B'fhéidir go mbeadh leid éigin ann nár aithin sé an mhaidin úd gur dhúisigh sé sa bhothán brocach sin. Bhí a intinn chomh dallta sin an mhaidin chéanna. Ag an gceo. Ag na pianta. Bhí sé deacair a chreidiúint nach raibh ach seachtain imithe ó dhúisigh sé sa leaba shalach, shuarach. Seachtain ó thosaigh an tromluí seo.

Lean sé air. Má bhí aon seans in aon chor aige éalú as an tromluí céanna chaithfeadh sé leanúint ar aghaidh. Chaithfeadh sé an bothán a chuardach. Chaithfeadh sé an scian a aimsiú – is é sin mura mbeadh duine den bheirt eile ann roimhe.

Leathuair an chloig ina dhiaidh sin bhí Eoghan fiche slat ón mbothán. É i bhfolach i measc na gcrann. Deich nóiméad caite aige cheana féin ag breathnú ar an doras. Ag faire. Ag éisteacht. An fhuinneog ró-ard le breathnú tríthi. Chuimhnigh sé ar an scoilt shruthánach sa phána gloine. Scoilt a chonaic sé faoi dhó an mhaidin úd is a chloigeann á scoilteadh ag pianta, a shúile á ndalladh ag cibé solas a bhí ag teacht tríd an bhfuinneog bheag chéanna.

D'fhan sé. D'éist sé.

Dada.

Shiúil sé go mall, cúramach i dtreo an dorais. É ag stopadh. Ag éisteacht. Ag siúl arís.

Sheas sé ar an tairseach. Éan ag ceol áit éigin os a chionn. Chuimhnigh sé ar an éan sin ar thug a cheol faoiseamh dó an chéad lá agus é sa choill.

Gach néaróg ar tinneall. Shín sé lámh amach. D'ardaigh an laiste go cúramach. Bhrúigh sé an doras beagáinín. É réidh le rith dá mba ghá. Dá gcloisfeadh sé an chogarnaíl ba lú. Nó cipín á bhriseadh faoi chos. Dada. Seachas ceol an éin. É ag feadaíl leis ar dhíon an bhotháin.

Bhrúigh sé an doras arís. Siar ar fad. Dada.

Isteach leis. Folamh. Gan tásc ná tuairisc ar mhuintir an chlinic. An chuma ar an áit nár fhill siad ó shin. Damháin alla fós ag luascadh óna gcuid líonta. An áit chomh bréan, chomh salach, chomh lofa céanna is a bhí an mhaidin úd. Fuar, salach i gcomparáid leis an stóras. Agus uaigneach.

Bhí fonn air glaoch a chur ar Shinéad ach ní fhéadfadh sé. Seachas i gcás práinne. B'in a dúirt sí.

Sall leis go dtí an leaba. D'ardaigh an tocht. Sea. Bhí an scian san áit inar fhág sé í. Rinne sé cufa an tseaicéid a charnadh lena dhorn agus thosaigh ar an hanla a ghlanadh. Ansin an lann. Ar leis féin an fhuil thriomaithe sin? Nó le Liam? Ghlan sé go cúramach í. Cá gcuirfeadh sé an scian anois? Chaithfeadh sé í a chur i bhfolach áit éigin amuigh sa choill. Áit éigin nach dtiocfaí uirthi. Amach leis arís. Sheas sé ag an doras agus d'ardaigh sé a lámh dheas. É an-chúramach gan a mhéara a leagan ar an hanla. Dá ndéanfadh sé í a chaitheamh. Seans go rachadh sí isteach i sceach nó i dtor. Seans nach rachadh. Seans go dtitfeadh sí ar an gcosán. B'fhéidir go mbeadh duine éigin ag siúl sa choill agus go n-aimseofaí í. Chaithfeadh sé é seo a dhéanamh i gceart. Dhéanfadh sé ar ball é. Isteach arís. D'ardaigh sé an tocht agus chuir an scian ar ais. Dhéanfadh sé sin cúis go fóill.

Bhreathnaigh sé thart. An raibh rud ar bith anseo a chuideodh leis? Rud ar bith a chruthódh nach raibh aon bhaint aige le dúnmharú Liam?

An leaba. An scian. Na damháin alla agus a gcuid líonta. Ní raibh dada eile sa bhothán. Ach ar a laghad anois, bhí an scian glanta aige. Shuigh sé síos ar an leaba. D'oscail sé a mhála. Tharraing sé chuige paicéad brioscaí agus an nuachtán. Léifeadh sé an tuairisc ar an scrúdú iarbháis agus ansin d'imeodh sé leis arís. Thabharfadh sé an scian leis. D'oscail sé an nuachtán agus leag amach ar an leaba é.

Chas sé leathanach. Leathanach eile. Bhí sé ar leathanach a cúig.

Grianghraf de Liam. Grianghraf eile dá thuismitheoirí, dá bheirt deartháireacha agus dá dheirfiúr. D'aithin Eoghan gach duine acu. Ba gheall le deartháireacha leis féin iad. Bhí an oiread sin ama caite aige leis an teaghlach sin. Agus iad ar fad ag ceapadh anois gurbh eisean a mharaigh Liam.

Thíos faoi na pictiúir bhí an tuairisc. Thosaigh sé á léamh. Stop sé.

Drugaí.

Céard é seo faoi drugaí? Siar leis go dtí an tús agus léigh arís é.

Léirigh an scrúdú iarbháis go raibh Liam Ó Dónaill marbh sular sádh é le scian.

Léigh Eoghan an abairt chéanna arís agus arís eile. A chroí ag preabadh. Caithfidh gur chiallaigh sé seo go raibh a fhios ag na gardaí nárbh eisean a mharaigh Liam.

Lean sé air ag léamh.

... go raibh drugaí ina chóras ag Liam ... drugaí atá fós faoi thástáil ach atá le fáil go mídhleathach ar an Idirlíon ... Na gardaí ag glacadh leis go bhfuil Eoghan Ó Broin marbh freisin... gur ghlac seisean an druga céanna ... a chorp siúd á lorg acu agus é beartaithe acu dul ó dhoras go doras agus gach cuid den sráidbhaile a chuardach.

Sin a bhí ar bun acu. A chorp féin a bhí á lorg acu. Chaithfeadh sé labhairt le Sinéad.

Léigh Eoghan an t-alt arís eile. Ó thús go deireadh. Níor fhéad sé é a chreidiúint. Chaithfeadh sé glaoch ar na gardaí. Nó ar Shinéad. Sea. Ghlaofadh sé uirthi agus d'iarrfadh sé uirthi siúd glaoch ar na gardaí. B'fhéidir gurbh fhearr téacs a chur chuici. Tharraing sé chuige an fón póca.

R léigh 2 tuairsc r scúdú iarbháis?

Tháinig an freagra láithreach.

Dírch léite agm. Céard 'dhéanfdh mé?

Cuir glch grdaí. Mínigh gch rud. Glaoigh r mo Mham.

Ar cheart dó féin glaoch uirthi? Ar cheart dó filleadh ar
an mbaile agus é féin a thabhairt suas do na gardaí? Céard
a déarfadh sé? *Is mise Eoghan Ó Broin. Nílim marbh.*

Bíp. Téacs eile ó Shinéad.

Fan nsin. Daid ag caint le grdaí.

Luigh Eoghan siar ar an leaba. Bhí sé ar crith.
Sceitimíní, b'fhéidir. Nó faoiseamh go raibh an
tromluí beagnach thart. Go raibh an teitheadh thart.
Tharraing sé an giobal de phluid thart timpeall air
féin. Bhí sé lofa. Bréantas uaidh. Ach ba chuma.
Anocht bheadh sé ar ais sa bhaile. Ar ais lena Mham.
Ar ais ina sheomra féin. Ina leaba féin. Den chéad
uair le fada bhí sé go huile is go hiomlán saor ó
bhuairt agus ó imní.

Seordán. Chaith sé siar an phluid arís agus phreab amach as an leaba de léim. Trasna chun an dorais. D'oscail sé go cúramach é agus bhreathnaigh in airde. D'ardaigh a lámh dheas chun a shúile a chosaint ar dhallachar na gréine.

Héileacaptar. Dubh agus bán. Sea. Na gardaí a bhí ann. Níor thóg sé i bhfad orthu. Caithfidh go raibh an héileacaptar sa cheantar cheana féin mar chuid den chuardach. Bhreathnaigh sé thart. An mbeadh go leor spáis acu le tuirlingt? Ar chúl an bhotháin b'fhéidir? Chuir sé a dhá lámh san aer agus chroith thart iad. Chaithfeadh sé a chinntiú go bhfeicfidís é. Thosaigh sé ag béicíl.

'Anseo! Anseo!'

Ní fhéadfadh sé é féin a chloisteáil os cionn an tseordáin. Cén seans a bheadh ag na gardaí? Caithfidh go raibh sé le feiceáil. Nó an raibh? An raibh siad ag imeacht arís?

Lean sé air ag béicíl is é ag rince thart ag doras an bhotháin.

Bhí sé ceart go leor. Ní ag imeacht a bhí siad in aon chor ach ag guairdeall leo i gciorcal. Agus ag tuirlingt. Sea. Bhí sé feicthe acu. Iad chomh gar sin dó anois go raibh sé in ann na haghaidheanna a fheiceáil. Meigeafón ag duine acu.

'Fan ansin. Ní féidir linn tuirlingt. Tá beirt gharda ag teacht faoi do choinne anois. Iad thíos ar imeall na coille. Beidh siad leat i gceann deich nóiméad. Fan ansin.'

Bhí Eoghan ar bís. Bhí an tromluí thart. Bhí an héileacaptar ag guairdeall agus ag imeacht leis ar ais i dtreo an tsráidbhaile.

Lig sé osna faoisimh. Deich nóiméad. Chodlódh sé anocht ina leaba féin.

Bíp. Téacs eile. Tharraing sé chuige an fón póca. Sinéad arís.

Mise + Daid ar an mblch leis na grdaí. Cuir scairt r do Mham.

A Mham. Sea. Anois d'fhéadfadh sé glaoch uirthi.

'Shíl tú go raibh tú róchliste dúinn. Nár shíl?'

Baineadh preab as Eoghan. Bhí rud éigin lena dhroim. Scian? Gunna? Ní fhéadfadh sé críochnú mar seo. É tagtha chomh fada seo. Chomh gar sin do bheith slán.

'Níl tú chomh cliste sin anois!'

D'aithneodh sé an guth sin áit ar bith. Bean an steallaire. Bean an chlinic. Úna.

Bhí croí Eoghain i mbonn a chos. Lagmhisneach air. Eagla a anama.

Bhreathnaigh sé i dtreo na spéire. Bhí an héileacaptar fós le cloisteáil ach é imithe as radharc taobh thiar de na crainn.

Bhí a dhá lámh á dtarraingt siar taobh thiar dá dhroim. A ghuaillí á réabadh. D'oscail sé a bhéal chun béic a ligean ach sular fhág an scread a scornach bhí téip ar a bhéal. Tharraing sé cic siar ar dhuine de lucht a ionsaithe. Mar fhreagra fuair sé buille ar chúl a chinn. Buille le rud éigin crua. Hanla scine, b'fhéidir. Nó stoc gunna. Faoin am a raibh sé tagtha chuige féin arís bhí rópa ar a rúitíní.

Cá raibh na gardaí? Thiocfaidís. Bheidís anseo nóiméad ar bith. Chaithfidís teacht.

D'airigh Eoghan mar a bheadh gaineamh ina scornach. Bhí sé deacair análú agus an téip ar a bhéal. Chaithfeadh na gardaí teacht.

Deich nóiméad a dúirt an garda sin. Cé mhéad de sin a bhí caite anois? Cúig nóiméad? Sé? Níos lú? Nó níos mó, b'fhéidir? Chaithfeadh sé guaim a choinneáil air féin. Chaithfeadh sé lucht a ionsaithe a choinneáil gnóthach don chúig nóiméad sin. Iad a mhoilliú. Bhí an fón póca fós ina lámh dheas. B'fhéidir go bhfaigheadh sé seans téacs a sheoladh. Seafóid! Cén mhaith dó téacs? Bhí na gardaí ar an mbealach cheana féin. Sinéad agus a hathair freisin.

B'fhéidir go bhféadfadh sé an fón a úsáid mar arm. Duine de lucht a ionsaithe a bhualadh leis. An príomhrud ná am. Iad a mhoilliú go dtí go dtiocfadh cabhair. Ní fhéadfadh sé an cloigeann a chailliúint. Ní fhéadfadh sé géilleadh.

Rinne sé iarracht eile ciceáil a dhéanamh lena chos chlé. Bhí sé fánach aige. Buille eile. Go tobann bhí sé sínte ar fhleasc a dhroma. É á tharraingt go garbh ag Úna agus a comhghleacaí. Lámh an duine acu. Iad á tharraingt i dtreo an dorais. Taobh istigh de chúpla soicind bhí sé istigh sa bhothán. É caite siar ar an leaba. É ag breathnú sna súile ar dhuine de na cótaí bána.

Ní raibh aon chótaí bána orthu anois, áfach. Cóta dubh ar Úna. Seaicéad liath ar a compánach. Greim aige siúd ar rostaí Eoghain. É láidir. An-láidir. Gan aon seans ag Eoghan lámh nó fón a úsáid.

Rinne siad beirt na rostaí a cheangal. Ar a laghad ní taobh thiar dá dhroim a bhí siad. An fón fós faoi cheilt idir an dá lámh. Ní raibh tuairim aige cén leas a d'fhéadfadh sé a bhaint as, ach fós, thug sé faoiseamh agus sólás éigin dó é a bheith aige. Sólás nár mhair, áfach.

Steallaire san aer ag Úna anois. Í á chroitheadh beagáinín agus í ag breathnú go géar air.

Bhuail scéin Eoghan. Conas a d'fhéadfadh sé ise a mhoilliú? Rinne sé iarracht eile béic a ligean. Níor tháinig tríd an téip ach gnúsacht toll. Rinne sé iarracht casadh.

Dá bhféadfadh sé é féin a chaitheamh ón leaba. Ba cheart go mbeadh sé in ann rolladh go himeall na leapa. Bhí Úna ag breathnú ar an steallaire. A comhghleacaí ag an doras anois. É ag faire amach.

'Déan deifir. Tapaigh an deis nó beidh siad anseo.'

Ní raibh aon tsúil ag Úna leis an mbuille. Sheol an steallaire tríd an aer.

'Drochrath ort! Cas siar ansin nó beidh aiféala ort!'

Bhrúigh sí Eoghan siar go garbh sular chrom sí síos chun an steallaire a phiocadh suas arís.

Bhí a comhghleacaí ag éirí buartha.

'Céard sa diabhal atá ar siúl? Brostaigh ort. Beidh siad anseo soicind ar bith.'

'Foighid ort', arsa Úna. 'Caithfidh mé é seo a líonadh arís. Tá cuid de caillte againn.'

'Níl an t-am agat. Cloisim uaim iad. Beidh siad anseo i gceann cúpla soicind.'

'Ní ghlacfaidh sé seo ach tríocha soicind. Mura ndéanfaimid i gceart é an uair seo …'

'A Chríost! Níl tríocha soicind agat. Déan anois é nó beidh deireadh linn. Cibé méid atá ann déanfaidh sé cúis. Níl an t-am agat tosú arís.'

Níor airigh Eoghan aon phian. Seachas an mhilleasoicind sin agus bior an steallaire i mbun teagmhála lena chraiceann. Níor airigh sé ach an ceo. Ceo dlúth, modartha. É ag sleamhnú isteach ann.

Tríd an gceo chuala sé bíp. An fón póca. É fós idir a dhá lámh aige.

D'oscail sé súil amháin. Ansin an tsúil eile. Ceo. Ceo trom, tiubh. Mar a bheadh cuirtín os comhair a dhá shúl. Cuirtín liath, scamallach. Chaithfeadh sé briseadh tríd. D'ardaigh sé na lámha. Trom. Róthrom. Chaithfeadh sé an cnaipe a bhrú. A ordóg. Ordóg na láimhe deise. Solas. An scáileán beag lasta suas. Deacair. An-deacair an téacs a thabhairt i bhfócas.

Leat go luath.

An scáileán dorcha arís. Bhrúigh Eoghan an cnaipe uair amháin eile.

Leat go luath.

Ansin dorchadas.